ICU 医生的私人笔记

邹 海 著

上海文艺出版社

目　录

第一辑　器械的体温

听诊器的温度　　2

鼻饲的温度　　8

三十度刻度　　12

掌心脉动　　16

齿轮慢转时　　19

ICU 迷雾　　25

警报为灯　　32

信号盲区　　36

心跳的重量　　41

超声室的多普勒效应　　47

波形之下　　51

第二辑　暗夜与光的对峙

最后的温暖　　　　58

雨天的抉择与温暖　　65

康复之路　　　　　73

病房里的彩虹约定　　83

录音笔的功能　　　87

病房里的小提琴音　　95

肺腑之间　　　　　101

第三辑 市井的脉息

尘封的梦,重拾未晚　110

游子的痕迹　116

大暑　123

医路归途　128

雨中的守护　133

听不见的守护　139

母子情深　147

哥哥的礼物　153

年味·炒粉缘　160

后记　166

第 一 辑

器械的体温

听诊器的温度

住院部外的蝉鸣裹挟着热浪穿透玻璃，监护室的老式空调发出不堪重负的嗡鸣。护士罗玲冲进来时，我正盯着心电监护仪上跳跃的波形出神——那是3床新收的扩张型心肌病患者，三天前才做完心脏再同步治疗——心脏像一支乐队，各个部分需要协调一致才能奏出和谐的乐曲。如果乐队中的某些成员节奏不一致，整体效果就会混乱。就像是给心脏安装一个智能指挥系统，帮助调整左右心室的收缩时间，让它们重新同步，从而提高泵血效率。

"小海医生，急诊转来个氧饱和度掉到85%的爷爷！"罗玲的刘海被汗水黏在额角，白大褂后襟洇着深色汗渍，"带着心脏起搏器，说话含糊不清……"

话音未落，走廊已传来轮床的金属撞击声。透过监护室雾蒙蒙的玻璃，我看见担架上蜷缩着的人形，枯瘦的手背上布满青紫色针孔。老人胸前的皮肤下嵌着枚硬币大小的凸起，像枚被岁月锈蚀的勋章。

"爷爷，听得见我说话吗？"我俯身贴近他发紫的耳廓，消毒水味混着老人特有的陈年气息扑面而来。监护仪显示心率128次/分，呼吸频率35次/分钟，但最让我心惊的是他涣散的瞳孔——那里面浮着层灰白的翳，像搁浅在沙滩上的死鱼。

突然，老人干裂的嘴唇剧烈颤抖起来，右手在空中抓挠着什么。我下意识后退半步，却撞上身后温热的躯体。

"让我试试。"郑医生不知何时站在我身后。这个年过五十的女医生总爱把听诊器绕在颈间，银色的听筒被摩挲得发亮。此刻她摘下听诊器，却将耳塞轻轻放进老人耳中。

"老同志，现在能听见吗？"她对着听筒提高音量，声音透过橡胶管产生奇异的共鸣。老人浑浊的眼球突然转动，喉咙里发出类似呜咽的声响。

监护仪的警报声突然炸响。我看着血氧数值从92%急剧下跌，老人颈部静脉怒张如扭曲的蚯蚓。"准备插管！"刚要转身取喉镜，郑医生却按住我的手臂。她将听诊器胸件贴在老人胸口，自己则凑近另一端的耳塞。

"别怕，我们都在。"她对着金属听筒低语，左手轻拍老人颤抖的肩膀。奇迹发生了——监护仪上急促的波形渐渐缓和，那只在空中乱抓的手，慢慢攥住了郑医生的衣角。

深夜查房时，我在处置室找到正在消毒听诊器的郑医生。月光在她鬓角的白发上流淌，将那道从耳后延伸至下颌的陈旧疤痕照得发亮。

"二十三年前，我碰到过这样一个老人。"她突然开口，酒精棉球在听筒上洇开淡黄痕迹，"那时候刚推行双腔起搏器，我给心衰患者调整参数时……"她的手指无意识摩挲着疤痕，"患者突然躁动，我没听懂他说的'铁砧压胸'是什么意思。"

窗外飘来焚烧医疗废品的焦煳味。郑医生举起听诊器，让月光在金属面上折出细碎银芒："后来才知道，他参加过抗美援朝。弹片留在肺里四十年，每次心衰发作都说听见敌机轰炸声。"

三天后的清晨，我在CT室门口遇见老人的女儿。她攥着泛黄的立功证书，上面烫金的"铁道兵"三字已斑驳。"我爸修成昆铁路时，隧道塌方……"她哽咽着抚摸证书上的年轻照片，"救出六个战友，自己却被震聋了左耳。"

我蓦然想起老人胸前那个起搏器——不是现代常见的椭圆形，而是带着棱角的方形。1949年苏联产的第一代心脏起搏器，曾在博物馆见过类似的展品。

当老人终于能摘下氧气面罩说话时，他指着郑医生的听诊器比画："这个……和我当年的通讯器……一样……"布满老年斑的手在空中画着螺旋，"在隧道里……听铁轨震动……就知道哪截要塌……"

郑医生把听诊器轻轻放在他枕边。午后的阳光穿过百叶窗，在金属表面投下琴弦般的金线。老人将耳塞贴近完好的右耳，忽然露出孩童般的笑容："听见了……火车过山洞的声音……"

出院那日，老人从旧军装内袋掏出枚生锈的铜哨，非要塞给郑医生。"拿着！"他中气十足地喊，起搏器在皮下微微跳动，"当年就是用这个……和地面联络……"

现在每当我路过郑医生的办公室,总能看到那个铜哨挂在听诊器旁边。偶尔有风吹过,铜哨与金属听筒相撞,发出清越的铮鸣。那声音让我想起监护仪规律的心跳,想起深夜 CT 机运转的嗡鸣,想起所有被倾听见的生命律动。

鼻饲的温度

监护室的自动门在身后合拢时,周丽总会下意识地屏住呼吸。父亲床头的监护仪闪着幽蓝的光,鼻饲泵运作时发出规律的咔嗒声,像某种倒计时。

"3床家属,请到谈话室。"护士台传来电子音。

她攥紧帆布包带,里面装着父亲最爱的青瓷保温杯。杯底有道裂纹,是去年除夕父亲失手摔的。当时滚烫的鸡汤泼在瓷砖上,腾起的热气模糊了老人懊恼的脸。

"周建国家属对吗?"我穿着深蓝刷手服推门进去,胸牌上印着"小海医生"。我的左耳挂着未摘的听诊器,橡胶管在颈侧蜷成问号形状。

"我是他女儿。"周丽注意到对面的我眼底有熬夜的青影,白大褂袖口沾着半干涸的米汤渍。

翻开病历夹,金属夹在冷光灯下折射出寒芒:"老爷子昏迷两周了,肠内营养必须跟上。胃管……"我顿了顿,抽出一张CT片对着光源,"虽然难受,但比静脉营养更接近正常进食。"

CT片上的颅脑影像如同暴风雪后的荒原,大片阴影吞噬着沟回。周丽突然想起父亲总说脑溢血发作时像有人往头盖骨里灌铁水,此刻那些凝固的金属正压着呼吸中枢。

"插管……会痛吗?"她摩挲着保温杯的裂纹。

"导管直径3.3毫米,比婴儿吸的奶嘴还细。"我从口袋摸出根演示管,硅胶材质在掌心微微颤动,"不过清醒患者会有异物感,好在老爷子现在……"我的声音突然卡在喉间。

监护仪的警报声穿透墙壁。周丽猛地站起,帆布包撞翻纸杯,凉透的茶水在桌面漫成深色湖泊。我已经冲出门外,听诊器在奔跑中拍打胸口,橡胶问号碎成惊叹号。

又到了探视时间,周丽在更衣室套上隔离服时,闻到袖口残留的来苏水混着小米粥的味道。父亲鼻腔多了条透明管路,像条休眠的蛇蜿蜒到营养泵里。她打开保温杯,红枣粥的热气在防护面罩上凝成白雾。

"38℃。"护士指着泵机参数,"家属不能调温度。"

"我知道。"周丽将保温杯贴上自己脖颈,粥液在杯壁晃动的涟漪,像父亲教她游泳时太湖水的温度。周丽记得父亲那时总说:"水温要渗进骨头缝里才游得开。"

深夜监护室响起刺耳警报。我冲进3床隔间时,发现营养泵暂停键亮着红灯。周丽僵立在床尾,手中握着空了的青瓷杯,米汤正顺着胃管缓缓注入。

"你!"我刚要开口,监护仪上的血氧数值突然开始攀升。昏迷两周的老人喉结轻微滚动,混着红枣香的泪滴正渗入他灰白的鬓角。

后来病历讨论会上,我在病程记录里写道:"患者吞咽反射恢复可能与嗅觉刺激有关。"但在页脚用铅笔添了行小字:青瓷杯测38℃的刻度,正是女儿颈动脉的体温。

现在3床的鼻饲泵旁总摆着个裂纹保温杯。每当新家属询问温度,护士会指指杯身那道釉色缺口:"比这个烫半度,就刚好。"

三十度刻度

我第三次把床头摇到 30 度时,老张的女儿终于把保温杯砸在了地上。

枸杞混着碎玻璃在监护室地砖上迸溅,像一滩凝固的血。老张的鼻氧管随着剧烈喘息泛起白雾,监护仪报警声里,他枯树枝似的手指正死死抠着床栏——那上面还留着昨天他扯心电监护线时抓出的指痕。

"我爸要死了!你们就让他躺平不行吗?"张姐的吼声震得我耳膜发颤。她身上还套着皱巴巴的探视服。

我蹲下去捡玻璃碴,指尖被划破的瞬间突然想起上周给老张换药时,他小腿上那道蜈蚣样的手术疤。此刻那些缝线正在 30 度倾斜的体位下紧绷着,如同他女儿濒临断裂的神经。

"您看这个。"我从胸袋掏出手机,调出昨夜的血流动力学监测图。波形在屏幕上起伏如潮,某个波谷处被我标了红圈:"这时候老爷子血氧掉到88%,因为平躺时膈肌上抬了四公分。"

张姐的视线在屏幕和父亲泛紫的嘴唇间来回游移,保温杯残骸在她掌心折射出冷光。那是老张用了二十年的杯子,杯身印着"县物理教研组留念",漆都快掉光了。

"我们试五分钟。"我把手机塞回口袋,血珠在白衣上洇出暗点,"就像您教学生画受力分析图,总得先画出辅助线。"

老张突然剧烈咳嗽起来,痰液溅在呼吸训练器的刻度盘上。我扶住他颤抖的肩胛骨,隔着病号服都能摸到凸起的肋骨——像极了医学院标本室里那具我负责拼装的骨架。

第四天凌晨,监护仪尖锐的警报声中,我发现张姐蜷在走廊长椅上。她怀里抱着个褪色的篮球,皮质表面用白漆写着"1993校际联赛"。当我试图调整老张的体位时,那颗球突然滚到我脚边。

"他当教练时非要队员练三步上篮。"张姐的声音混着中央空调的嗡鸣,"说倾斜30度投掷最符合抛物线原理。"

我握着篮球的手顿了顿。晨光透过百叶窗在地面划出银色格栅,像极了物理试卷上的坐标纸。老张的呼吸忽然平缓下来,浑浊的眼球转向我手中的球,喉结上下滚动。

后来每次调整床角时,我都会把篮球卡在床尾。那颗磨秃了的球每次滚动的角度,恰好是电动床升起需要的30度。老妻第五次来闹时,正撞见老张用唯一能动的左手去够球，监护仪上的血氧值诡异地跳到了95%。

昨夜老张突发谵妄，嘶吼着天花板要塌了。我按着他挣扎的身体注射镇静剂时，摸到他肩胛处有块陈年旧疤——和那颗篮球上的裂口位置完全重合。

今早交班时，护士长指着老张的胸片骂我胡闹："坠积性肺炎还坚持做康复？"我默默调出呼吸训练数据，起伏的波形图上有个突兀的峰值，正是昨天张姐举着篮球喊"传球"的瞬间。

现在那颗篮球就摆在监护室角落，表皮被碘伏擦得发亮。每次给新患者摆体位时，我总会下意识望向它——30度的倾角里，凝固着某个物理老师最后的抛物线。

掌心脉动

监护仪的蓝光在雾化面罩上投下涟漪，我第 20 次核对呼吸机参数时，具体我也有点记不得了，17 床的报警器响了。这周第三次痰液堵塞，金属滑轨的摩擦声里，唐护士掀帘的动作带着夜班特有的滞重感。

"潮气量掉到 300 了。"她扯开约束带魔术贴的声音让我太阳穴一跳。老人嶙峋的手腕上还留着上次挣扎时的淤青，像枯枝上结的霜。

我摸出听诊器捂热才贴上他胸口，肺底湿罗音比 CT 片上的毛玻璃影更具体。当手套触到他虎口的老茧时，监护仪突然发出尖锐的啸叫——氧饱和度直坠 83%，像被击落的鸟。

"林师傅,跟着我手指动。"我摘了右手的乳胶手套,将他蜷曲的手指展平。三十五年公交车方向盘的打磨让他的掌纹深刻如轮胎印,食指第二关节凸起的骨刺正抵着我合谷穴。

痰鸣音变成断续的哨音时,我忽然想起实习时在急诊室打碎的那支肾上腺素。导师当时抓着我的手按在患者颈动脉上:"急救不是仪器的延伸,是皮肤的延伸。"

"小海医生!"唐护士举着吸痰管的手在颤。老人突然扣住我手腕的力道,让我错觉回到了驾校时期——父亲也是这样抓着我的手放在方向盘上。

血氧回升到 90% 的瞬间,他指甲在我手背刻下的月牙形伤痕开始渗血。床头抽屉里翻边的相册滑落,密歇根湖的雪景照背面写着:儿子小天硕士毕业留念。相纸边缘的咖啡渍晕染了"父亲林勇赠"的字样。

第七次帮他做雾化时，老人用指尖在我掌心画圈，像用触觉绘制 X 光片，告诉我痰液淤积在左肺。有天清晨交接班，我发现他枕头下藏着从护士站拿的医用橡胶手套，床头的记事板上歪歪扭扭写着："灌温水当暖水袋"。后来我才知道，他开早班公交那些年，方向盘冻得指节发白时，就把灌了热水的劳保手套缠在档杆上焐手。

最后一次抢救时，他喉咙里翻滚的哮鸣音让我想起驾校那台老吉普。我扯开防护面罩对着他耳畔喊："小天从海外寄来的快递到了！"监护仪上的心室波剧烈震颤，像雨刷器在暴风雪中徒劳摆动。

当他冰凉的手指点在我腕间内关穴时，我才发现不知何时我们互换了体位。痰液堵塞气道的瞬间，他最后在我掌心划出的弧度，与相册里小天毕业照上的微笑弧线完美重合。

齿轮慢转时

监护室的输液器永远在响。

那是一种细微却固执的声音,像是生锈的齿轮在皮条间摩擦,咔嗒、咔嗒,每一声都精准地切割着时间。马阿姨总说,这声音比墙上的挂钟还难熬——"它一响,我就觉得血管里流的不是药,是沙子。"

她因心功能不全入院,全身浮肿得像泡发的馒头,连呼吸都带着水汽的滞重。医生严格控制她的补液量,每天只允许喝小半杯水,饭也只能吃几口米汤。孙女小雨每次来探视,总看见奶奶的手背上扎着留置针,输液管里的液体像一条透明的蛇,缓慢地爬进她青紫色的血管里。

"奶奶,我给你焐焐手。"小雨把掌心贴在马阿姨的手背上,冰凉的温度让她打了个哆嗦。输液器的齿轮声在耳边响着,六十毫升每小时,一天二十小时——这数字是小雨偷偷用手机算出来的。

那天下午,齿轮声突然变得刺耳。

马阿姨的呼吸急促起来,监护仪上的心率数字疯狂跳动,像一群受惊的麻雀。护士调整了输液速度,齿轮转动得更快了,液体一滴接一滴砸进管道。小雨站在床边,看着奶奶的手背因为输液肿胀发亮,突然像被什么击中了一样,转身冲向护士站。

"为什么每天输这么多液!我奶奶心脏不好,你们是要害死她吗!"

她的声音尖利得像玻璃碎裂,整个监护室瞬间安静下来。几个家属探头张望,输液器的咔嗒声显得更加清晰。我从病历堆里抬起头,眉头拧成一团——刚处理完一位心脏骤停的病人，白大褂上还沾着抢救时溅出的药液。

"输液量是严格计算的，家属冷静点。"我指了指马阿姨床头的黄色警示牌，"六十毫升每小时，这速度比喝粥还慢。"

小雨却像头炸毛的小兽："慢？我奶奶的手都肿成馒头了！你们根本不懂……"

我突然站起身。个子高，压迫感让她后退了半步。我抓起挂在床尾的输液袋，透明的液体在阳光下泛着冷光。"心衰患者的心脏就漏水的破船，补液太快会直接压垮它。这些不是水，是电解质、营养液、血管活性药——每滴都要算着给。"

扯过一张处方笺，用红笔画出歪歪扭扭的心脏简图："你看，左心室射血分数只剩30%，就像用破瓢舀水。我们得让这瓢慢慢舀，舀快了……"笔尖戳破纸张,"船就沉了。"

小雨盯着那个破洞,突然想起小时候奶奶教她包饺子。面在老人浮肿的指缝间流淌,总有几个会破皮漏馅,奶奶就笑着用筷子头蘸水修补。"补丁摞补丁,但煮出来照样香。"那时的齿轮声是奶奶的腕表发出的,她在厨房哼着歌,表链随着揉面的节奏轻响。而现在,监护室的齿轮声像把钝刀,正在把那些温暖的记忆切成碎片。

"可是……奶奶说输液的管子像在吸血。"小雨的声音低下去,手指无意识地绞着衣角。这个总是梳着马尾辫的乖巧女孩,此刻像株被暴雨打蔫的向日葵。

我怔了怔。我转头看向病床,马阿姨正迷迷糊糊地抬手想抓脸上的氧气面罩,留置针附近的皮肤因为反复穿刺结着深褐色的痂。监护仪屏幕蓝光幽幽,照得那些老年斑像漂在死海上的岛屿。

我突然抓起听诊器，金属听头在掌心焐热了才贴到小雨耳边。"你听。"

输液器的咔嗒声经过听诊腔放大，变成沉闷的撞击。但在这些机械的节奏间，隐约能捕捉到另一种声音——药液流过管道的细微震颤，像春蚕啃食桑叶的沙沙声。

"每个齿轮转一圈是0.5毫升，每声咔嗒代表心脏又多撑过一分钟。"我的声音突然柔和下来，"你奶奶现在不能喝水，这些液体就是她的命。我们不是在灌水，是在给破船打补丁——用最细的针、最慢的线。"

小雨的眼泪砸在听诊器胶管上。她想起上周帮奶奶擦身时摸到的肋骨，一根根硌手，像洗衣板。那些流进血管的药，是不是正在变成看不见的针脚，把破碎的心脏重新缝合？

这天恰逢元宵节，我经过一夜的忙碌，正准备下班。在等电梯的时候,看到监护室门口外的小雨。她按照既往的时间,到了谈话室门口,与以往不同,她端着一碗汤圆想送给病房里的奶奶。是芝麻馅汤圆,用保鲜膜仔细裹着,底下压着张皱巴巴的便签:"元宵安康"。

护士剥开保鲜膜,汤圆表皮凝着细小的水珠,凉透的猪油芝麻馅泛着钝钝的光。马阿姨在睡梦中咂了咂嘴。过道传来换班护士压低的笑语,混着护工推车碾过地胶的闷响,在弥漫着消毒水味的空间里,织出一小截毛茸茸的春天。

站在电梯口,望着那碗汤圆,突然想起自己家里也有一碗等着他。齿轮依旧在转,输液器的咔嗒声依旧在响,但在这冰冷的机械声中,似乎多了一丝温暖,像是春天的针脚,正缝补着冬天的裂痕。

ICU 迷雾

ICU 的走廊总是安静得让人心慌，只有仪器的嘀嗒声和偶尔传来的脚步声打破这片沉寂。我站在 ICU 的门口，深吸了一口气，调整了一下口罩，准备与患者家属进行一次重要的谈话。我知道，这次谈话不仅仅是关于病情的解释，更是关于希望与现实的平衡。

"王阿姨，您来了。"我微笑着迎接王阿姨，尽管口罩遮住了我的表情，但我的眼神中透露出关切。

王阿姨点了点头，眼神中满是焦虑和疲惫。她的老伴儿已经在 ICU 住了两周，原本是因为脑梗死入院，现在却发展成了严重的肺部感染。每次接到医生的电话，她的心都会揪成一团。

"小海医生,我老伴儿的情况怎么样了?"王阿姨的声音有些颤抖。

我示意王阿姨坐下,然后缓缓说道:"王阿姨,我知道您很担心。老先生的情况确实比较复杂,今天我想和您详细解释一下,为什么在ICU里,感染似乎总是难以避免。"

王阿姨点了点头,眼神中充满了疑惑和不安。

我拿起一张纸,画了一个简单的示意图,解释道:"ICU,也就是重症监护室,是医院里最特殊的病房之一。这里的患者病情都非常危重,很多患者本身就有严重的感染,或者因为其他疾病导致免疫力低下。这些因素使得ICU成为了感染的高发区。"

"首先,ICU里的患者通常需要很多侵入性操作,比如气管插管、中心静脉导管、导尿管等等。"我指着示意图上的各种管路,"每增加一根管子,就意味着多一次对身体的侵入，多一次破坏我们身体的天然屏障。这些管路虽然是为了维持生命和治疗，但它们也成为了细菌进入体内的通道。"

王阿姨皱起了眉头："那能不能少用这些管子呢？"

我点了点头："我们确实在尽量减少不必要的侵入性操作。比如，如果患者的血压稳定，我们会尽早拔除动脉导管；如果患者能够自主排尿，我们也会尽快拔除导尿管。但有些操作是不可避免的，比如气管插管，老先生现在无法自主呼吸，必须依靠呼吸机来维持生命。"

我继续解释道："其次，ICU里的患者本身免疫力较低，尤其是像老先生这样的大面积脑梗死患者，身体的防御机制已经非常脆弱。我们每个人的身体里都有一些'定植菌'，它们平时和我们和平共处，不会引起疾病。但当我们的免疫力下降时，这些细菌就会趁机'造反',导致感染。"

"定植菌?"王阿姨有些困惑。

"对,定植菌就像是潜伏在我们体内的'隐形敌人'。"我解释道,"它们平时不会对我们造成伤害,但在免疫力低下的时候,它们就会变成致病菌。老先生现在的情况就是这样,原本在他体内的定植菌,因为脑梗死和长期卧床,导致免疫力下降,最终引发了肺部感染。"

王阿姨叹了口气:"那这些细菌会不会传染给其他病人?"

我点了点头:"这也是我们非常关注的问题。ICU里的患者之间确实存在交叉感染的风险,尤其是多重耐药菌的传播。为了防止这种情况,我们采取了严格的隔离措施,比如对多重耐药菌感染的患者进行床边隔离,医护人员也会加强手部消毒和环境清洁。"

"还有一点，ICU 里的患者通常需要使用大量的抗生素。"我继续说道，"抗生素是治疗感染的重要武器，但它们也是一把'双刃剑'。长期、大剂量的使用抗生素，不仅会筛选出更耐药的细菌，还会抑制患者自身的免疫功能，导致其他病原菌的感染。"

王阿姨有些担忧："那能不能少用点抗生素？"

我摇了摇头："抗生素的使用必须根据患者的具体情况来决定。老先生现在的情况非常危重，肺部感染已经影响到了他的呼吸功能，我们必须使用强效的抗生素来控制感染。但我们也会密切监测细菌的培养结果，尽量做到精准用药，避免不必要的抗生素暴露。"

我放下手中的笔，认真地看着王阿姨："王阿姨，ICU 里的感染确实是一个复杂的问题，但我们并不是束手无策。我们在 ICU 里采取了很多措施来防控感染，比如增加病原学检查的频率、及时进行痰液和导管的培养，确保感染被早期发现和治疗。"

"我们还特别注重环境的清洁和消毒。"我继续说道，"ICU 里的每一个角落、每一台设备，都会定期进行消毒。医护人员也会严格执行手部消毒制度，尽量减少细菌的传播。"

王阿姨点了点头，眼神中多了一丝希望："那你们有没有办法缩短住院时间？我听说住院时间越长，感染的风险就越高。"

我笑了笑："您说得对，住院时间确实是感染的一个重要风险因素。我们会尽一切努力加快患者的康复进程，争取尽早让老先生脱离危险期，转入普通病房。但这需要时间和耐心，也需要您的配合。"

我最后说道："王阿姨，ICU 里的感染确实是一个棘手的问题，但我们一直在努力。我们会根据老先生的具体情况，制定个性化的治疗方案，尽量减少感染的风险。同时，我们也需要您的理解和支持。感染虽然可怕，但并不是不可战胜的。只要我们共同努力，老先生一定能够渡过这个难关。"

王阿姨的眼眶有些湿润，她紧紧握住我的手："谢谢您，小海医生。我知道你们已经尽力了，我会配合你们的治疗，也希望老伴儿能早日康复。"

我点了点头。监护仪规律的嘀嗒声从门缝里渗出来，和走廊的日光灯管嗡鸣混在一起。王阿姨的布鞋底摩擦着防滑地胶，声音渐渐消失在转角。

玻璃窗映出我的隔离衣轮廓，身后是二十七床呼吸机规律的送气声。护士正在给隔壁床翻身，无菌巾窸窣的摩擦声混着监护仪的报警阈值提醒——又一个夜班要开始了。

感染，或许是 ICU 里无法回避的阴影。

警报为灯

监护仪此起彼伏的报警声里,我正核对23床的升压药剂量,忽然听到走廊传来金属碰撞的脆响。抬头时,透过ICU的透明玻璃隔断,三台摄像机正架在缓冲区外,黑漆漆的镜头像探照灯般扫过病区。

"观众朋友们,我们现在正隔着防护玻璃拍摄……"穿玫红色套装的小王记者将话筒转向朱主任,她的声音经过门禁系统传进来有些失真,"听患者家属称您这里是'鬼门关收费站'?"

朱主任正在给18床调整呼吸机参数,白大褂后襟还沾着凌晨抢救时溅上的血点。他对着墙上的对讲机说话时,顺势将血迹挡在身后:"小王记者,我们更愿意称 ICU 为生命的中转站。"玻璃幕墙外，摄像师试图调整角度拍摄病床，被巡回护士抬手挡住镜头。

21 床的心电监护突然发出尖锐的报警，我冲过去按静音时，补光灯的强光正打在玻璃幕墙上。扭曲的反光中，患者青灰的面庞在防窥膜后化作模糊的色块。"这种警报很常见？"小王的高跟鞋在走廊敲出急促的节奏。朱主任将听诊器绕颈两周："就像天气预报提示下雨……"话未说完就掀起患者眼睑查看瞳孔，急救铃在护士站炸响。

主任办公室的磨砂玻璃将走廊红光过滤成暗橙色。小王焦躁地摩挲着采访提纲边缘，纸页上"鬼门关""死亡率"等标题词被指腹蹭得模糊。她数着壁挂钟的秒针——每次刚数到二十，就会被走廊突然亮起的急救蓝灯打断。

消毒柜运作的嗡鸣中，玻璃柜里"妙手仁心"的锦旗突然震颤起来。小王注意到办公桌透明垫板下压着一张泛黄照片：朱主任抱着个插满管子的婴儿，背景是2008年地震救灾帐篷。窗台绿萝垂下的气根在警报红光中摇晃，像无数悬垂的静脉通路。

走廊突然传来轮床疾驰的轰响。我抱着血气分析仪闪身避让时，听见小王记者在门后倒抽冷气——3床的呼吸机报警声穿透隔音门，像濒死的鲸啸。

"开放静脉！""气道压35了！"抢救声浪拍打着办公室门板。小王攥着湿透的采访稿贴向门缝，褐茶渍在护理记录单复印件上洇开成地图。她的跟拍摄像突然踉跄着后退，治疗车撞在防爆玻璃上的闷响震得绿萝叶片簌簌发抖。

当心电监护恢复规律的嘀嗒，朱主任推门进来摘手套，露出被生理盐水泡发的指尖。"就像潮汐有涨落。"他示意小王看监护仪屏幕，那里贴着张卡通贴纸——是昨天转出的 10 床偷偷黏上的笑脸,"上周有四位患者从这里走向普通病房。"

拍摄结束前,小王默默扶正被碰歪的移动护理车。她弯腰捡拾散落纸页时,我瞥见抗焦虑药盒从包里滑出半角。新来的平床碾过走廊,朱主任抓起听诊器走向蓝灯闪烁的 6 床:"准备接诊,今天要修三座桥。"

阳光穿过百叶窗,在他后背的"生命体征监护中"标识上流淌。玻璃幕墙外,小王记者突然关掉了补光灯。我忽然明白,那些此起彼伏的警报声从来不是丧钟,而是灯塔在浓雾中倔强闪烁的光。

信号盲区

心电监护仪发出规律的嘀嗒声，在凌晨三点的监护室里格外清晰。老李的老伴隔着玻璃望着丈夫插满管子的身体，那些缠绕的导线像一张蛛网，困住了这个曾经意气风发的退休教师。

"放开我！有蛇！"老李突然嘶吼着扯开氧气面罩，留置针在他青筋暴起的手背上划出血痕。两个护士冲进去按住他躁动的身躯，我正往病历系统里补病程记录，抬头看见老太太扶着玻璃的手指关节发白。

消毒水的气味突然变得刺鼻，老李的老伴转身撞上我端着的治疗盘。不锈钢托盘里留置针包装簌簌作响，我下意识用胳膊护住她踉跄的身子，白大褂左口袋里的听诊器硌得肋骨生疼。

"医生,老李到底怎么了?"她攥住我的袖口,医用腕带在我手腕上勒出红痕,"他刚才说看见屋顶在渗血,还说女儿是别人假扮的……"

"阿姨,您先坐。"我扶她坐在走廊长椅上,从口袋里掏出那个皱巴巴的笔记本。泛黄的纸页上画着简笔大脑解剖图,不同区域标注着"记忆""情绪""感知"等字样——这是读研时神经科学教授教的图示法,现在用来给家属解释谵妄症状倒是直观。

"您知道手机有时候信号不好吧?"我用圆珠笔尖点着颞叶位置,笔杆上还黏着昨天给3床换药时蹭到的碘伏,"全麻和创伤会让大脑像接收不良的基站,尤其是负责定位的顶叶和管记忆的海马体。"笔尖移到额叶区画了个闪电符号,这个动作让我想起上周在值班室看的《超能陆战队》——可惜现实中的大脑修复可比动画复杂得多。

监护室里又传来撞击声，老李的女儿红着眼睛冲过来："你们给他打镇静剂啊！没看见我爸在自残吗？"老太太突然站起来甩开女儿的手："你懂什么！那是你爸的魂儿被手术吓跑了！"

我抬手拦住要发作的护士长，转身时白大褂下摆扫过治疗车，沾上了75%酒精的味道。电子病历系统的蓝光映得眼睛发酸，我快速调出监护录像："您看，每次幻觉出现前，李老师的血氧饱和度都会波动。"屏幕上的波形像紊乱的心电图，"昨天他说看见白大褂骷髅，其实是走廊反光在监护仪金属框上的投影。"

女儿盯着父亲抽搐的手指，我突然想起实习时带教老师说过的话：谵妄患者的每个幻觉都是大脑发出的求救信号。从治疗车底层摸出铁皮盒子时，彩色千纸鹤在消毒灯下泛着温柔的光晕——这是上个月18床小姑娘出院时留下的,她说折纸时念的祝福语都藏在翅膀褶皱里。

第二天的晨光染红监护室窗帘时,老太太正对着录音笔反复练习:"老李,窗台上的君子兰开花了……"沙哑的声音让我想起外婆的老年机铃声。她布满老年斑的手捏着相册,泛黄的照片里,穿中山装的老李正在黑板前写三角函数公式——粉笔灰在阳光下飞舞的画面,竟和监护仪跳动的光点莫名相似。

我举着神经查体记录单走进来,白大褂下露出女友送的卡通袜子。蹲在老李床边时,橡胶地板凉意透过裤管:"李老师,这是几?"竖起的三根手指在虚空中摇晃,像他病例里那些不稳定的生命体征。当核桃从掌心滚落时,监护仪的嘀嗒声突然有了节奏——就像他浑浊眼球里闪过的清明。

"像核桃仁!"老李的嗓音像砂纸划过金属床栏。

我立刻掀开他眼皮检查瞳孔反射，指尖在空气中画圈的动作，是跟神经内科主任学的巴林特手法。夕阳把监护室染成琥珀色时，他抓住老伴手的瞬间，我听见心电监护的警报声与啜泣声交织成奇异的和弦。

出院那天，老李摸着ICU门框上的凹痕说"像台风过后的海岸"时，我正在核对出院带药。窗外的鸽群掠过楼宇间隙，我说："您终于从信号盲区走出来了。"药盒上的说明书被穿堂风吹得哗哗响，那些抗凝药的副作用提示突然变得温柔——或许每个医学生的白大褂里，都藏着追风筝的人才会懂的浪漫。

心跳的重量

我揉了揉酸胀的太阳穴,值班室的床板硌得后背生疼。往常这个时候,我都在办公室整理病历,今天破天荒想午睡,却怎么也睡不着。

手机突然震动起来,是值班群的消息。郭医生的消息像一记重锤:"出来抢救!"

我几乎是弹起来的,白大褂都来不及扣好就冲了出去。抢救室里已经围满了人,三个同事轮流在做胸外按压。监护仪上的心电图拉成一条直线,刺耳的警报声让人头皮发麻。

"都怪你去睡觉了,"护士小张一边准备抢救车一边打趣,"你平时中午都不睡的,今天破例就出事。"

我没心思接话，挤到床边接手按压。患者的胸廓在我的手掌下起伏，我能清晰地感受到肋骨的弹性。这是个五十多岁的女性，皮肤蜡黄，眼窝深陷，典型的肿瘤患者面容。

"肾上腺素准备！"我喊道，"3分钟一次！"

抢救有条不紊地进行着。突然，监护仪上的直线跳动了一下，接着是第二下、第三下。我松了口气："停！有自主心跳了！"

"血糖1.8！"床边血气的报告来了。

"快推高糖！"我一边下医嘱一边往外走，得赶紧找家属了解病史。

抢救室外，一个身材魁梧的年轻人正在来回踱步。他穿着件褪色的牛仔外套，双手不停地搓动，像只困兽。

"家属？"我喊了一声。

他猛地转身,差点撞到墙上:"医生!我妈妈怎么样了?"声音里带着哭腔。

我注意到他的眼睛通红,下巴上有新冒出的胡茬,整个人都在发抖。这个看起来能一拳打死牛的壮汉,此刻脆弱得像个孩子。

"心跳已经恢复了,我们还在继续抢救。"我尽量让声音平稳,"能跟我说说阿姨的病史吗?"

他深吸一口气,开始讲述。母亲去年查出结肠癌肝转移,伴有肠梗阻。一开始医生说不能手术,做了六次化疗,肿瘤终于缩小到可以手术的程度。今天刚办完入院手续,去做心电图的时候就出事了。

"医生,我妈她……"他的声音哽住了,"她为了能手术,化疗吐得胆汁都出来了,硬是咬牙挺过来了。她说等做完手术,要给我包饺子……"

我看着他颤抖的手在平板上签病危通知书,那个签名歪歪扭扭，完全看不出是个成年男人的字迹。签完字，他终于忍不住哭了出来，肩膀一抽一抽的。

我轻轻拍了拍他的背："不抖不抖，加油。"

抢救室里，监护仪上的心跳渐渐稳定。我看了眼时间，已经过去两个小时了。窗外的阳光斜斜地照进来，在地板上拉出一道长长的光带。

我想起昨天和莫莫在环贸的场景。那些奢侈品店的橱窗里，一件衣服就抵得上我们几个月的工资。我们像两个误入异世界的乡下人，连品牌名字都念不顺溜。

最后我们找了家咖啡店，我点了杯拿铁。莫莫说："你最近写小说压力太大了，要不要休息一段时间？"

我摇摇头："不行啊，截稿日期快到了。"

现在想来，那杯咖啡的后劲真大，让我一直写到凌晨五点。我甚至不记得自己写了什么，只记得键盘敲击的声音在寂静的夜里格外清晰。

"医生!"护士的喊声把我拉回现实,"血压下来了!"

我立刻冲回抢救室。患者的血压正在持续下降,心率也开始不稳。我们又开始新一轮的抢救。

这一刻,我突然明白了什么是生命的重量。它不是奢侈品店里标价牌上的数字,不是咖啡杯里氤氲的香气,而是监护仪上跳动的曲线,是家属颤抖的双手,是每一次胸外按压时感受到的心跳。

抢救持续到傍晚,患者的情况终于稳定下来。我走出抢救室,那个年轻人还守在门口。

"暂时稳定了,"我说,"但是预后不太好,还要观察。"

他点点头,眼泪又涌了出来:"谢谢医生,真的谢谢……"

我拍了拍他的肩膀，转身走向办公室。窗外的夕阳把天空染成了橘红色，有些时候的无助，我陪你一起面对。

超声室的多普勒效应

超声耦合剂没有及时放入加热器中,有点结成块了,1床的心率已跌至40次/分。这里的多普勒频谱从不像门诊超声室那样慵懒地起伏,监护室的声波总在生死悬崖边震颤。

"下腔静脉塌陷率82%!"我压紧凸阵探头,患者腹水荡漾的腹腔在屏幕里翻涌如风暴中的海面。我扫了眼呼吸机参数,突然将探头转向肋间:"看膈肌运动——他自主呼吸还在抢跑呼吸机。"多普勒模式下,萎靡的血流信号与呼吸机送气节拍器般交错,像两列即将对撞的火车。

护士掀开患者衣襟准备贴ECG电极时,一枚褪色的马拉松号码牌突然掉落。我用探头尖挑起它,彩超图像里,那串数字竟与室性早搏的 R 波峰奇妙重合。"他跑全马时配速稳定在 5 分 20 秒。"护士长突然开口,"和现在室速的频率一样。"

传统超声室的耦合剂是温的,总带着候诊区咖啡的余香;而这里的凝胶永远裹着抢救药的苦味。上周在门诊给患者做心脏超声显得格外舒缓;此刻同一台仪器正描摹着心包积液中的坏死组织,它们随每次心搏舒展收缩,像濒死的海葵。

2 床的肠鸣音监测仪突然啸叫,我抓起线阵探头压上她肿胀的腹部。多普勒模式下,肠系膜动脉的血流信号断断续续,宛如接触不良的老式收音机。"肠缺血坏死!"话音未落,患者突然抓住我的手腕——她掌心纹路里嵌着晶状体碎屑,是今晨摔碎的老花镜镜片。

"女儿婚礼……"她喉间的气管插管随呼吸机震动，监护仪将气音翻译成锯齿状波形。我调高谐波成像频率，坏死的肠管在声波中显影为灰烬般的暗影。而在其他专科医院门诊超声室，尤其妇幼保健院，此刻应有新手父母正为胎儿的四维照片欢呼，绝不会想到同台机器能照见如此狰狞的生机。

最惊心的时刻在凌晨三点降临。3床的ECMO管路突然震颤，多普勒捕捉到左心室血流如困兽冲撞室壁。我将超声探头从患者喉咙缓缓送入，屏幕上顿时炸开一片蓝焰——那是二尖瓣破损处喷涌的血液在彩超编码下显影。恶性肿瘤的转移灶正在瓣膜上崩解，如同被洪水冲垮的堤坝。但我的视线死死咬住那道乱流边缘，那里闪烁的彩色噪点像是老式电视机故障时的雪花：

"快看这些紊乱的色斑！右冠状动脉还在顽强供血！"

门诊超声室的耦合剂在傍晚会凝结成琥珀，而 ICU 的凝胶永远新鲜如初——每两小时翻身拍背时，总需要重新涂抹。当我将探头贴上夜班护士僵硬的肩颈，多普勒竟在她痉挛的斜方肌里照见动脉穿支血管的舞蹈。她笑称这是"职业病 B 超"，却不知那些紊乱的血流信号，正与她看护的所有濒死心律共享着某种隐秘的节律。

终末期的老爷子走得很安静。撤机时我最后一次扫查心脏，多普勒频谱上残存的血流信号突然聚合成完美的正弦波——像极了他在京剧团拉了一辈子的京胡琴弦。关掉超声仪时，监护室响起奇特的共鸣，那些经年累月渗入墙体的多普勒回声。

波形之下

消毒水的气味刺得眼睛发酸时,我正盯着心电图机发愣。百叶窗缝隙漏进来的阳光像手术刀,把诊室割裂成明暗两半。

"小海,准备接诊!"张主任的呵斥让我手抖,电极片哗啦啦洒了一地。老护士长从老花镜上沿瞪我,那眼神比监护仪的红灯还刺眼。

金属轮床撞进门框的瞬间,我听见布料撕裂的脆响。老人枯树枝般的手正撕扯着旧军装,勋章在皱巴巴的前襟上叮当作响。"撤退!全员撤退!"他嘶吼时脖颈青筋暴起,仿佛还在1948年的战壕里。

张主任把耦合剂塞进我汗湿的手心:"阿尔茨海默

患者,你来操作。"我颤抖着掀开老人衣襟,突然被他铁钳似的手抓住手腕。浑浊瞳孔里倒映着监护屏的绿光,他竟呜咽着喊起战地暗语:"三点钟方向……抢救三排长……"

心电图纸突然疯狂吐卷,V3导联的波形诡异地扭成麻花。警报声炸响的刹那,老人蜷缩成虾米状剧烈抽搐。"按住他右肩!"张主任的吼声和警报声混作一团。混乱中我的袖口蹭到电极,竟意外录下长达十秒的异常Q波——三个月后正是这段波形,让心内科揪出了深藏多年的应激性心肌病。

诊室刚恢复平静,门又被撞得砰砰作响。穿荧光绿运动服的年轻人冲进来,带起的风掀飞了登记簿。"医生快给我做检查!"他拍在桌面的手掌泛着汗光,"下周马拉松比赛,组委会要心电图报告!"

我贴导联时，他小腿肌肉还在高频颤动。"您平时有胸闷症状吗？"我问。他焦躁地扯运动发带："我每天跑30公里！"话音刚落，心电图纸突然吐出个尖锐的ST段压低。

"这……这是心肌缺血？"他声音劈了叉，指着图纸的手抖得像风中芦苇。老护士长冷哼："现在的年轻人……"张主任不知何时站在我身后，镜片反射着心电图机的冷光。

"小海，给他做深呼吸试验。"主任的声音像定海神针。随着青年深深吸气，原本下坠的ST段竟如退潮般缓缓回升。"运动员常见的心脏适应性改变，"主任指着恢复正常的波形，"就像肌肉会代偿性增生，心脏也在学习更高效泵血。"

年轻人瘫在检查床上，运动服后背洇出大片汗渍。我抽出图纸盖章时，他突然握住我的手："医生，谢谢。"

午后蝉鸣最盛时，诊室飘进来朵薄荷绿的云。少女揪着连衣裙腰间的蝴蝶结，声音细得像心电图纸边缘的刻度线："医生，我总感觉……心跳特别快。"

当我触到她的右锁骨，她突然触电般弹开。"能……能贴左边吗？"绯红从她耳尖漫到脖子，"这边做过脂肪填充。"诊室角落里响起此起彼伏的闷笑，老护士长把病历本摔得啪啪响。

"其实学长下个月要来轮转……"少女突然自暴自弃地喊出来，却被走廊里尖锐的警报声截断。转运床轮子碾过门槛时，蓝白条纹的病号服下露出一截玫瑰文身，藤蔓般的疤痕从锁骨蜿蜒到心口。

暮色染红窗台时，张主任叩了叩我面前的登记表。枸杞在保温杯里浮沉，像极了白天那些跳跃的 P 波。"那个文身姑娘，"他突然说，"记得她 QT 间期比常人长

0.12秒吗？"

笔尖在纸上洇出墨团，我忽然想起那朵玫瑰文身下狰狞的疤痕。正要追问，夜班护士推着除颤仪进来交接，金属车轮碾过满地电极片，碾碎了尚未成型的疑问。

临下班前，我又听见熟悉的警报声。抢救床经过玻璃门时，这次我看清了——心电监护屏上跳动的，正是三个月前老兵身上那种特异的锯齿状波形。张主任不知何时站在身后："现在知道为什么每次警报都要追出去看了？"

霓虹灯牌的光污染渗进诊室，心电图纸在晚风里轻轻摇晃。我摸着白大褂第二颗纽扣，那里还黏着片白天蹭上的电极胶。暗红色指示灯在仪器上规律闪烁，忽然觉得那不再是冰冷的机械脉冲，而是无数心脏在此起彼伏地共鸣。

第 二 辑

暗夜与光的对峙

最后的温暖

重症监护室里，灯光柔和而安静，只有监护仪发出的微弱嘀嗒声在空气中回荡。我站在病床旁，手里拿着一份病历，目光落在躺在床上的患者——一位年过七旬的老人身上。老人的呼吸微弱，面色苍白，身上插满了各种管子和监测设备。我深吸一口气，转身看向站在一旁的家属——老人的女儿张小红。

她眼眶红肿，显然已经哭过多次。她的手指紧紧攥着衣角，眼神中充满了无助和焦虑。我知道，接下来的谈话将会非常艰难，但我必须把事实告诉她。

"张女士，我们可以坐下来谈谈吗？"我轻声说道，指了指病房角落的一张小桌子和两把椅子。

她点了点头,跟着我走到桌边坐下。她的目光始终没有离开病床上的父亲,仿佛害怕一眨眼,父亲就会消失。

"张女士,我知道这段时间对您来说非常艰难。"我开口,语气温和而坚定,"您父亲的情况我们讨论过多次了,目前的治疗已经无法逆转他的病情。虽然我们一直在尽力维持他的生命体征,但他的身体已经无法承受更多的治疗了。"

她的眼泪再次涌了出来,她低下头,声音颤抖:"医生,难道就没有别的办法了吗?我……我不想放弃他。"

我轻轻叹了口气,伸手从桌上抽出一张纸巾递给她。我知道,作为医生,我不仅要面对患者的生死,还要面对家属的情感挣扎。

"张女士,我理解您的心情。作为医生,我们当然希望每一位患者都能康复。但有时候，医学也有它的极限。"我停顿了一下，继续说道，"您父亲现在的状况，继续进行治疗只会增加他的痛苦。我们现在的重点，应该是让他在最后的时光里，尽可能地感到舒适和安宁。"

她抬起头，眼中充满了困惑和痛苦："舒适和安宁？您的意思是……我们不再治疗了吗？"

我点了点头，语气依然温和："是的，我们可以选择过渡到缓和医疗。缓和医疗并不是放弃治疗，而是将治疗的重点从延长生命转移到减轻痛苦和提供心理支持上。我们会停止那些可能会带来不适的治疗手段，比如气管插管和强效药物，转而使用一些能够让他感到舒适的药物，比如用吗啡来缓解疼痛，或者用一些镇静剂来减轻焦虑。"

她沉默了片刻，似乎在消化我的话。她的手指无意识地摩挲着纸巾，眼神中充满了挣扎。

"可是……如果停止治疗，他会不会……会不会很快……"她的声音越来越小，几乎听不见。

我轻轻点了点头："是的，停止那些维持生命的治疗手段后，患者的生命可能会在短时间内结束。但请相信，我们会确保他在这个过程中没有任何痛苦。他会像睡着一样，平静地离开。"

她的眼泪再次涌了出来，她低下头，肩膀微微颤抖。我没有催促她，只是静静地等待。我知道，这是一个需要时间和空间去接受的决定。

过了许久，她终于抬起头，声音沙哑："医生，我……我真的不知道该怎么办。我不想让他受苦，但我也舍不得他离开。"

我点了点头，表示理解："这是非常艰难的决定，没有人能轻易做出。但作为家属，您可以选择如何陪伴他走完最后的时光。我们可以让您陪在他身边，握住他的手，和他说话，甚至播放他喜欢的音乐。这些都能让他感到安心。"

她的目光再次投向病床上的父亲，眼中充满了不舍和爱意。她轻轻点了点头，声音微弱："我……我想陪着他。我不想让他一个人走。"

我微微一笑，语气中带着一丝安慰："这是非常好的决定。我们会尽力为您和您的父亲创造一个安静、舒适的环境。您可以随时陪伴在他身边，直到最后一刻。"

她深吸了一口气，似乎下定了决心："医生，我……我还有一个问题。如果……如果他走了，我该怎么办？我……我该怎么面对？"

我轻轻拍了拍她的手背，语气温和："张女士，失去亲人是非常痛苦的经历。我们会为您提供心理支持，帮助您度过这个艰难的时期。您也可以考虑参加一些心理辅导课程，或者加入一些支持小组，和其他有类似经历的人交流。您并不孤单，我们会一直在这里支持您。"

她点了点头，眼中闪过一丝感激："谢谢您，医生。我……我会尽力。"

我站起身，轻轻拍了拍她的肩膀："您不需要现在就做出所有决定。我们会一步一步来，确保您和您的父亲都得到最好的照顾。如果您有任何问题或需要帮助，随时可以找我们。"

她也站了起来，擦了擦眼泪，勉强挤出一丝微笑："谢谢您，医生。我……我会好好陪着他。"

我点了点头，目送她走回病床边。她轻轻握住父亲的手，低声在他耳边说着什么。我知道，接下来的时光将会非常艰难，但我也相信，缓和医疗能够为这位老人和他的女儿带来最后的温暖与安宁。

走出病房,我深吸了一口气,抬头看了看走廊尽头的窗户。外面的阳光明媚,但重症监护室里却永远笼罩着一层淡淡的阴影。我知道,作为医生,我的职责不仅仅是治疗疾病,更是帮助患者和家属面对生死的考验。

缓和医疗,或许不是治愈的终点,但它却是对生命最后的尊重与关怀。

雨天的抉择与温暖

我站在重症监护室的铁门前,看着蹲坐在墙边的中年女士。她穿着深灰色的羽绒服,头发被雨水打湿,贴在额头上。听到我的脚步声,她猛地抬起头,眼睛里布满血丝。

"医生,下班啦。"她站起身,声音有些沙哑。我注意到她的手指在不停地颤抖,指甲已经被咬得参差不齐。

"是的,今天有值班医生在。"下意识地摸了摸自己的头发,潮湿的发梢提醒着我刚才用冷水冲头的举动。一夜的值班让我精疲力尽,但看到家属这样的状态,我还是停下了脚步。

电梯"叮"的一声到达，我走进去，看着铁门缓缓合上。那位女士的身影逐渐消失在视线中，但她的眼神却深深印在我的脑海里。那是怎样的一种眼神啊，充满了疲惫、绝望，却又带着一丝最后的期待。

11床的老爷子，食管肿瘤术后合并感染，已经在这里住了两个月。每天早上交班时，护士都会特别提到他的情况：血压不稳，感染指标居高不下，昨天又用了一次去甲肾上腺素维持血压。他的女儿从江苏赶来，一直守在监护室外，一步都没离开过。

电梯缓缓下降，我的思绪却不断上升。记得上周查房时，老爷子还能勉强睁开眼睛，虽然气管插管说不出话，但眼神里透着求生的渴望。他的女儿每天都会送来熬好的米汤，小心翼翼地询问能不能给父亲喂一点。

"海哥！"一个熟悉的声音把我拉回现实。我抬头一看，是淦哥站在医院门口，手里撑着一把黑色的雨伞。雨水顺着伞骨流下来，在地上汇成一条小溪。

"快上车，我们一起回家。"淦哥拉开车门，"我妈在家包好了饺子，你就一个人，大过年的去我家吃饭吧。"

我犹豫了一下："谢谢。你妈妈前段时间不是生病还住院了，太麻烦她了，还是不去了。"

"没事，她现在好多了。"淦哥不由分说把我推进车里，"你一个人在家也是吃泡面，还不如来我家热闹热闹。"

车子驶过湿漉漉的街道，雨刷有节奏地摆动着。我想起淦哥母亲住院时的情景，那时他正在做一个急诊手术，没能及时赶到。等他做完手术赶到病房时，母亲已经做完检查躺在病床上了。我记得他当时红着眼睛说："当医生最对不起的就是自己的家人。"

到了淦哥家，一进门就闻到浓郁的香味。淦哥的母亲正在厨房里忙碌，听到开门声，探出头来："小海来啦！快坐快坐，饺子马上就好。"

我注意到她的脸色还有些苍白，但精神很好。厨房的案板上摆着几个竹帘，上面整整齐齐地摆着包好的饺子，每一个都像艺术品一样精致。

"阿姨，您身体刚好，别太累了。"我有些过意不去。

"没事没事，包饺子又不费劲。"她笑着说，"你们医生才辛苦呢，大过年的还要值班。"

淦哥的父亲坐在沙发上看报纸，听到我们的对话，抬起头说："小海啊，你淦哥总说你工作太拼命了。年轻人要注意身体，别把自己累垮了。"

我笑了笑，没说话。厨房里传来锅铲碰撞的声音，饺子下锅的"咕嘟"声，还有淦哥母亲哼着的小调。这些声音交织在一起，构成了一幅温馨的画面。

突然，我的手机震动起来。是监护室打来的。

"医生，11床家属决定放弃治疗，要办理出院手续。"护士的声音从电话那头传来，"他们想请您再解释一下病情。"

我握着手机，看着眼前其乐融融的一幕，突然感到一阵酸楚。同样是为人子女，有人能在父母膝下尽孝，有人却要面对生离死别。

"我马上回来。"我对着电话说，然后转向淦哥一家，"抱歉，医院有点事，我得回去一趟。"

淦哥的母亲从厨房追出来，手里提着一个保温盒："把这个带上，忙完了记得吃。"

我接过还冒着热气的保温盒，突然想起11床的女儿。这两个月来，她每天都会给父亲送米汤，即使知道父亲已经无法进食，依然坚持着这个仪式。

回到医院，11床的女儿正在医生办公室等我。她的眼睛比早上更红了,手里紧紧攥着一张纸巾。

"医生,"她的声音有些发抖,"我们决定……带父亲回家。"

我点点头,翻开病历本:"我理解。老爷子的情况确实不太乐观,感染已经扩散,多器官功能都在衰竭……"

"我知道,"她打断我的话,"这两个月,我看着父亲一天天衰弱下去。每次探视,他都会用眼神告诉我他很难受。我不想让他再受苦了……"

她的声音哽咽了,眼泪终于夺眶而出。我递给她一张纸巾,看着她颤抖的肩膀,突然想起淦哥母亲包饺子时哼的小调。同样是父母,有人能在儿女的照顾下康复,有人却要面对生命的终点。

"我明白,"我轻声说,"你们已经做得很好了。让老爷子回家,在熟悉的环境里……也许是最好的选择。"

她抬起头，泪眼蒙胧地看着我："医生，谢谢您这两个月的照顾。我知道您尽力了……"

我摇摇头，想说些什么，却发现自己也哽咽了。作为医生，我们总是希望能创造奇迹，但更多时候，我们不得不面对生命的无常。

走出办公室时，天已经黑了。我打开淦哥母亲给的保温盒，饺子的香气扑面而来。我夹起一个放进嘴里，突然想起 11 床老爷子再也不能品尝女儿做的米汤了。

生命就是这样，有相聚就有离别，有欢笑就有泪水。作为医生，我们能做的，就是在病人和家属最需要的时候，给予他们最大的支持和理解。

我掏出手机，给淦哥发了条消息："替我谢谢阿姨，饺子很好吃。"

很快,他回复:"我妈说下次给你包韭菜馅的。"

我笑了笑,收起手机。雨不知什么时候停了,夜空中的星星格外明亮。明天又是新的一天,监护室里还会有新的病人、新的故事。而我们,将继续在这条医路上前行,见证生命的脆弱与坚韧,感受人间的温暖与真情。

康复之路

监护室的灯光永远明亮,不分昼夜。

老何躺在病床上,喉咙处插着气管切开导管,呼吸机有节奏地发出"嘀——嘀——"的声响。他的眼睛一直盯着天花板,眼神空洞而茫然。食管癌手术后的第三天,他依然无法说话,每一次吞咽都像是有刀片在喉咙里划过。

我推开监护室的门,走到老何床前,习惯性地查看监护仪上的数据。"老何,今天感觉怎么样?"我轻声问道,一边调整着呼吸机的参数。

老何的眼珠动了动,转向我的方向。他的嘴唇颤抖着,似乎想说些什么,但只能发出含糊的"嘀嘀"

声。他的手指在床单上抓挠，显得有些焦躁。

"别着急，慢慢来。"我握住老何的手，"我知道你想说话，但现在最重要的是让伤口愈合。等再过几天，我们就能试着堵管了。"

老何的眼里闪过一丝失望，但很快又点了点头。我注意到他的眼角有泪光闪动，连忙抽出一张纸巾，轻轻替他擦拭。

"你女儿刚才在外面，她说今天给你熬了鱼汤。"我一边说，一边调整着输液的速度，"等你再好一些，就能喝到了。现在还得靠营养液，我知道这滋味不好受。"

老何眨了眨眼，目光投向病房门口。我知道他在想什么，转身走到门边，朝外面招了招手。老何的女儿小玲立刻跑了进来，她穿着淡蓝色的防护服，戴着口罩，但依然能看出红肿的双眼。

"爸……"小玲的声音哽咽了。她想要握住父亲的手,却又怕碰到各种管线,只能站在床边,眼泪止不住地往下掉。

我轻轻拍了拍她的肩膀:"别哭,你爸现在最需要的就是你的鼓励。来,跟他说说话,他能听见的。"

小玲深吸一口气,擦了擦眼泪:"爸,你还记得吗?小时候我发烧,你整夜整夜地守在我床边。现在换我来守着你了,你一定要好起来……"

老何的眼眶又湿润了,他努力抬起手,想要触碰女儿的脸。我连忙扶住他的手臂,帮助他完成这个动作。当粗糙的指尖终于碰到女儿的脸颊时,老何的喉咙里发出一声呜咽。

接下来的日子里,我每天都来查看老何的情况。我注意到老何的情绪时好时坏,有时会突然暴躁地拍打床栏,有时又会长时间地盯着窗外发呆。

"这是正常的。"我对忧心忡忡的小玲解释,"气管切开的患者都会有这样的心理波动。他们突然失去了说话的能力,就像被关在了一个无声的牢笼里。"

为了帮助老何,我特意找来了一块小白板。当老何想要表达什么时,就可以在上面写字。第一次使用白板时,老何颤抖的手写下了歪歪扭扭的几个字:我想回家。

我的心揪了一下,蹲下身,平视着老何的眼睛:"我理解你的心情。但是现在,这里就是最能帮助你康复的地方。相信我,等你能说话了,等你能正常进食了,我们就能准备出院回家了。"

老何的眼泪滴在白板上,晕开了字迹。我没有阻止他哭泣,只是默默地递上纸巾。有时候,适当的宣泄比强颜欢笑更有助于康复。

两周后,老何的伤口愈合情况良好。我们决定尝试堵管。"可能会有点不舒服,但这是必须要经历的过程。"我一边准备器械,一边解释,"我们会先堵住一部分,看看你的呼吸情况。如果适应得好,就可以完全堵管了。"

老何紧张地抓住床栏,小玲在一旁握着他的另一只手。当我开始操作时,监护仪上的数据出现了波动,老何的胸口剧烈起伏,额头上渗出冷汗。

"深呼吸,慢慢来。"我的声音沉稳而有力,"对,就是这样。你的肺功能很好,完全能够自主呼吸。"

经过三天的逐步适应,老何终于可以完全堵管了。当他第一次尝试发声时,却只能发出沙哑的气音。失望的神情再次浮现在他的脸上。

"别灰心。"我鼓励道,"声带长期不用,需要时间恢复。我们来练习,好吗?"

于是,每天的查房时间变成了语言康复课。我会教老何做简单的发声练习，从"啊"开始，慢慢过渡到单字、词语。小玲也学会了这些方法，在父亲练习时给予鼓励。

一个月后的清晨，我照常来查房。当我推开门的瞬间，一个沙哑却清晰的声音传来："谢……谢……"

我愣住了。我看见老何坐在床边，脸上带着久违的笑容，正努力地想要说出完整的句子。小玲在一旁又哭又笑，不停地给父亲拍背顺气。

"谢……谢你……医生……"老何断断续续地说着，每一个字都像是用尽了全身的力气，但眼神却格外明亮。

我感觉眼眶有些发热，快步走到病床前，握住老何的手："这是我应该做的。你能重新说话，就是对我们最大的回报。"

阳光透过窗户洒进来，给监护室镀上了一层金色。

呼吸机的"嘀嘀"声不知何时已经停止，取而代之的是老何略显粗重的呼吸声，还有偶尔的咳嗽声。这些声音在此刻显得格外动听。

随着说话能力的恢复，老何开始了吞咽功能的康复训练。康复训练室里，阳光透过百叶窗在地板上投下细密的光影。老何坐在特制的椅子上，面前摆着一小碗温热的迷糊。小玲拿着勺子，手有些发抖。

"爸，我们慢慢来。"她舀起一小勺迷糊，轻轻吹了吹，"医生说要从糊状食物开始，等适应了再尝试半流质。"

老何的喉结动了动，眼神有些紧张。他张开嘴，动作很慢，像是在克服某种心理障碍。小玲小心翼翼地把勺子送进他嘴里，看着他艰难地吞咽。

突然，小玲的手顿住了。这个场景如此熟悉，仿佛时光倒流。她记得自己小时候生病，父亲也是这样一勺一勺地喂她吃饭。那时的父亲还很年轻,手掌宽厚温暖,会细心地吹凉每一勺饭。

"爸……"她的声音哽咽了,"你还记得吗?我五岁那年发高烧,你也是这样喂我吃饭的。"

老何的眼睛亮了一下,他努力地想要说话,但只能发出含糊的声音。他的手指微微颤抖,想要去触碰女儿的脸。

小玲放下勺子,握住父亲的手:"那时候我总是不好好吃饭,你就变着花样哄我。有一次我发烧,你特意去买了草莓味的米糊……"

老何的眼里泛起泪光,他艰难地点点头,喉咙里发出"嗯嗯"的声音。虽然不能完整地表达,但小玲能感受到父亲内心的波动。

"现在换我来照顾你了。"小玲擦掉眼泪,重新拿起勺子,"来,我们再试一次。"

这一次，老何的吞咽动作似乎顺畅了一些。他的目光一直停留在女儿脸上，眼神里满是温柔和歉意。小玲知道，父亲是在心疼她，觉得给她添麻烦了。

"别这样看着我。"小玲笑着说，"你养我小，我养你老，这不是天经地义的事吗？"

就在这时，我推门进来。看到这一幕，我放轻了脚步，静静地站在门口。阳光洒在父女俩身上，勾勒出一幅温暖的画面。

"恢复得不错。"我走近查看老何的情况，"吞咽反射比昨天好多了。不过要注意，每次训练时间不要太长，循序渐进很重要。"

小玲点点头："谢谢医生。我爸他……"她看了看父亲，又看了看碗里的米糊，"他真的很努力。"

我蹲下身，平视着老何的眼睛："我知道这个过程很辛苦，但你已经做得很好了。记住，康复是一个漫长的过程，不要着急。我和小玲都会一直陪着你。"

老何的嘴唇动了动，似乎想说些什么。我连忙递上小白板。颤抖的手在上面写下歪歪扭扭的字：谢谢你们。

小玲的眼泪又涌了出来，她紧紧握住父亲的手："爸，你一定会好起来的。等你完全康复了，我们一起去公园散步，就像小时候你带我去那样。"

老何的眼里闪着泪光，他艰难地点点头，手指在小玲手背上轻轻摩挲。这个细微的动作，让小玲想起了小时候父亲哄她睡觉时，也是这样轻轻拍着她的背。

病房里的彩虹约定

暴风雨过后的傍晚,天空像被洗过一样,清澈得让人心醉。病房的窗户半开着,微风轻轻拂过,带着雨后泥土的清香。窗外的天空挂着一道彩虹,七种颜色在灰蒙蒙的云层中显得格外鲜艳,像是谁用沾了颜料的毛笔,在浸湿的宣纸上晕染出的痕迹。

监护仪的警报声突然响起,在寂静的走廊里格外刺耳。我快步走向 12 床,白大褂衣摆扫过护士台上那盆蔫头耷脑的绿萝——这盆植物从三年前周奶奶第一次住院时就摆在那里,如今叶片上还留着被她用棉签描过金边的痕迹。

床上的老人正无意识地抓挠颈侧的 PICC 敷料,花白头发里混着几缕不服输的乌丝。十五年抗癌路在她身上刻下奇特的印记：左手背留着化疗药物外渗的疤痕，右锁骨下埋着第三代输液港，却依然保持着每周染一次鬓角的倔强。

"小海……"听到熟悉的沙哑嗓音，我立刻俯身查看。她枯瘦的手指勾住我胸前听诊器，指甲修剪得圆润整齐——这是二十年护理老伴养成的习惯，即便对方已离世七年。"这次又要戴那劳什子手套？"她浑浊的眼球费力转动着，目光落在我别在领口的淡蓝色钢笔上，"当年你师父老李头，可没这么多新鲜玩意儿。"

我轻轻擦掉她额头的冷汗，百雀羚面霜的香气混着胃管引流液的酸涩扑面而来。护士长默契地递来浅蓝色约束手套，内衬特意加缝了层棉纱布——去年她皮肤出现癌性溃烂后，我们就备下了这套改良装备。

"您看这网眼设计，比三年前那副强吧？"我调整绑带时，她腕上叮当作响的银镯硌得我手指生疼。那是她孙女的满月礼，四年前第三次化疗时，她曾摘下来要送给当时的我。

监护仪数值开始剧烈波动，血氧饱和度跌破90%。她突然弓起身子干呕，胃管里涌出暗红色液体。"止……止血敏……"破碎的字句从她齿间挤出，这是十年抗癌教会她的"专业术语"。我握紧她戴着约束手套的手，感觉到冰凉的银镯在掌心刻出花纹。

当彩虹褪成天边一抹水痕时，检验科来电显示熟悉的床号："12床交叉配血已加急。"护士台传来窸窣响动，实习生在翻她那本堪比《辞海》的病历——首页还黏着2016年第一次手术时的缴费单，泛黄的纸角卷曲如枯蝶翅膀。

七天后撤除最后一根引流管时，她把约束手套叠成方正的豆腐块："收着，下次……"话没说完便剧烈咳嗽起来，却仍固执地把手套塞进印着"抗癌明星"字样的帆布包。那是我去年送她的生日礼物，此刻正静静躺在床头，旁边摆着吃剩的话梅糖纸——她总说这是止吐"灵丹"，科室每个人白大褂里都藏过几颗。

出院那日暴雨初歇，住院部门口的玉兰落了一地残瓣。护工推着轮椅经过时，她突然伸手接住飘落的花苞："等结籽了捎些来，家里那盆……"话尾消散在潮湿的空气里。我望着轮椅转过走廊拐角，监护仪警报声恰在此时响起，不知哪个病房又在呼唤。

回到12床整理用物时，发现枕下压着张字条。泛黄的便签纸上，她用化疗后颤抖的字迹写着："手套改粉红色更好，配你新染的头发。"背面还画着个歪歪扭扭的乒乓球拍，旁边标注：下次用这个拍子赢你。

窗外天空不知何时又聚起乌云，但我知道，某个角落定有新的彩虹正在酝酿。

录音笔的功能

上午 10 点 45 分，监护室的走廊里安静得能听见呼吸机规律的嗡鸣声。我站在护士站前，手里拿着一叠病历，目光扫过墙上的时钟。今天轮到我负责谈话班，11 点准时开始。每次谈话班，我总是想着提前一点，只要手上的活忙完了，就立刻用联络手机呼每位家属到监护室谈话室。家属们总是心急如焚，尤其是那些守在监护室外的人，他们的眼神里写满了焦虑和期待。

我拿起手机，拨通了第一位家属的电话。电话那头传来一个低沉的男声："喂，医生，我是 1 床的家属，我马上过来。"挂断电话后，我整理了一下白大褂，走向谈话室。谈话室的门虚掩着，我推开门，发现里面已经坐着一位男性家属。他身材魁梧，手臂上文着左青龙右白虎，看起来有些凶悍。他低着头，手里摆弄着一部手机，似乎在调试什么。

我走到桌前，坐下后问道："您是1床的家属吗？"

他抬起头，眼神有些游离，回答道："我只知道我爸叫陆——，楼上是5b21床。"

我翻开病历，仔细核对了一下信息，确认无误后点了点头："是的，您是1床的家属。"

他点了点头，随即低下头，手指在手机上快速滑动。我注意到他的动作有些奇怪，似乎在刻意隐藏什么。突然，我瞥见他的手机屏幕上闪过一个录音软件的界面。他迅速用衣服遮住了手机，动作显得有些慌乱。

我心里有些不悦，皱了皱眉，但没有立即发作。

谈话室里陷入了短暂的沉默，只有墙上的时钟嘀嗒作响。五分钟后，他终于忍不住了，抬起头问道："医生，您说啊。"

我深吸了一口气，语气平静但带着一丝严肃："请您先把录音关闭。如果您不懂，我可以多讲几遍。"

他愣了一下，随即笑了笑，笑容里带着一丝尴尬："医生，我不是要打官司。我是想录下您给我讲的关键点，我记忆力不太好，怕忘了。"

听到他的解释，我心里一松，原本的怒气也消散了大半。我笑了笑，语气缓和下来："我明白了。不过，录音就不用了。我会把重要的点帮您写下来，您需要注意的地方我也会重复讲几遍。"

他点了点头，满意地关闭了手机录音功能，将手机放回了口袋。谈话室里的气氛一下子轻松了许多，我们开始了正式的谈话。

谈话进行得很顺利。我详细解释了患者的病情、治疗方案以及需要注意的事项。他听得很认真，时不时点头，偶尔还会提出一些问题。我能感觉到，他虽然外表看起来有些凶悍，但对父亲的关心却是真切的。

谈话结束后，他站起身，向我鞠了一躬："谢谢您，医生。我会按照您说的去做。"

我点了点头，目送他离开谈话室。回到护士站后，我坐在椅子上，脑海里却不由自主地回想着刚才的情景。那个录音的动作，虽然一开始让我有些不快，但他的解释却让我感到了一丝温暖。他并不是为了打官司，而是为了记住医生的叮嘱，为了更好地照顾父亲。

想到这里，我心里有些触动。监护室的家属们，每天都在承受着巨大的压力。他们无法随时探望患者，只能通过医生的只言片语来了解亲人的病情。每一次谈话，对他们来说都至关重要。而那个录音笔，或许是他们唯一能抓住的"救命稻草"。

几天后，我再次在监护室走廊里遇到了那位家属。他站在监护室门口，手里握着自己提前准备的一支录音笔，神情有些犹豫。我走上前，轻声问道："您有什么事吗？"

他抬起头，看到是我，脸上露出了一丝笑容："医生，我想请您帮个忙。"

我点了点头："您说。"

他犹豫了一下，低声说道："我爸这几天情况不太好，我想录一段话给他听。虽然他现在昏迷着，但我相信他能听到。我想告诉他，我们都在等他回家。"

我心里一颤，点了点头："好，我带您去监护室旁边的示教室，这会儿没人用，我带您去那里录吧。"

我们走进房间，他坐在椅子上，深吸了一口气，开始录音。他的声音有些颤抖，但每一句话都充满了深情："爸，是我，儿子呀。您一定要坚强，我们都在等您回家。医生说您的情况在好转，您一定要挺住。我和妈每天都在为您祈祷，您一定要加油……"

录音结束后，他站起身，眼里闪着泪光。我拍了拍他的肩膀，轻声说道："您放心，我们会尽全力照顾您父亲。"

他点了点头，将录音笔递给我："医生，麻烦您把这个放给我爸听。"

我接过录音笔，郑重地点了点头："好，我会的。"

那天晚上，我走进监护室，将录音笔放在患者的耳边，轻轻按下了播放键。录音笔里传来他儿子的声音，低沉而温暖。患者的眼皮微微颤动了一下，虽然他没有醒来，但我能感觉到，他的心跳似乎变得更加有力了。

从那天起，我开始鼓励其他家属也使用录音笔，录下他们对患者的鼓励和祝福。监护室里，渐渐充满了家属们的声音。有的家属录下了孩子的笑声，有的录下了家人的歌声，还有的录下了简单的问候。这些声音，仿佛给冰冷的监护室注入了一丝温度。

几个月后，患者的病情逐渐好转，终于从监护室转到了普通病房。那位家属再次来到医院，手里依旧握着那支录音笔。他走到我面前，深深鞠了一躬："医生，谢谢您。如果不是您让我录音，我可能永远都不会知道，我爸其实一直在听我说话。"

我笑了笑，拍了拍他的肩膀："这是您自己的功劳。是您的坚持和爱，让您父亲挺过了最艰难的时刻。"

他点了点头，眼里闪着泪光："这支录音笔，我会一直留着。它不仅是记录，更是我们一家人共同战胜病魔的见证。"

我看着他离去的背影，心里充满了感慨。一支小小的录音笔，原本只是为了记录医生的叮嘱，却在不经意间，成为了连接患者与家属的桥梁，成为了监护室里最温暖的存在。

病房里的小提琴音

下午总是安静的,安静得能听见呼吸机的节奏和监护仪的嘀嗒声。每天下午 2 点半到 3 点半,是病房里最特别的时间段。广播里会播放一些轻柔的音乐,偶尔夹杂着家属在床边的低语:"快醒醒看看我,我是你的女儿……"这些声音交织在一起,像是生命的低吟,又像是希望的呼唤。

监护室里多了一位新病人——一位喘得厉害的老爷爷。他的呼吸急促而沉重,像是被无形的力量扼住了喉咙。医生们决定给他戴上无创面罩辅助呼吸,但爷爷似乎对面罩有些抗拒。他不停地动,面罩总是漏气,呼吸机发出刺耳的报警声,与广播里的音乐形成了不和谐的交响。

"爷爷,别动,戴上这个会舒服些。"护士轻声安抚着,但爷爷的眼神里满是恐惧和不安。

就在这时,病房的门被轻轻推开了。一个背着琴盒的小女孩走了进来,她是爷爷的孙女小南。今天是周末,学校不上课,她特意来看爷爷。小南走到爷爷床边,轻轻握住他的手:"爷爷,我来了。"

爷爷的眼神瞬间柔和了下来,他努力地动了动嘴唇,似乎想说什么,但呼吸的困难让他无法发出声音。小南看着爷爷痛苦的样子,突然想到了什么。她迅速打开琴盒,取出小提琴,轻声说:"爷爷,我给你拉琴吧,你最喜欢的曲子。"

琴弓轻轻搭在琴弦上,第一个音符响起时,整个病房仿佛被按下了暂停键。呼吸机的报警声消失了,监护仪的嘀嗒声也变得轻柔,就连广播里的音乐也似乎为这琴声让路。小南的琴声清澈而温暖,像是春天的溪流,缓缓流淌在每个人的心里。

爷爷的呼吸渐渐平稳了下来,他的眼神变得安详,甚至带着一丝笑意。小南的琴声仿佛有一种魔力,让所有人都沉浸其中。就连平时总是忙碌的我也停下了脚步,静静地听着。

短短的三分钟,却像是跨越了时间的长河。琴声结束时,病房里依然安静,只有爷爷平稳的呼吸声和监护仪规律的嘀嗒声。小南放下琴,轻轻握住爷爷的手:"爷爷,你一定要好起来,我还想给你拉更多的曲子。"

爷爷微微点了点头,眼神里满是欣慰。

这一幕让我想起了之前的一段经历。那时,我负责照顾一位病情十分严重的孙爷爷。他的家属无法到医院探望,只能通过微信语音与他联系。有一天,孙爷爷的孙女发来了一段语音，里面是她拉的小提琴曲。

"医生，能不能帮我放给爷爷听？他最喜欢听我拉琴了。"电话那头，女孩的声音带着恳求。

我打开语音，将手机放在孙爷爷的耳边。琴声响起的那一刻，孙爷爷的眼角流下了泪水。他的手指微微颤动，仿佛在回应着琴声。那一刻，我感受到了音乐的力量，它超越了病痛，超越了距离，直抵人心。

两次小提琴的演奏，场景不同，时间不同，却有着相同的力量。音乐像是一把钥匙，打开了被病痛封锁的心灵，让希望和温暖重新流淌。

监护室的电子钟跳到 15:29 分，呼吸机仍在发出规律的嗡鸣。小南正把琴弓收回琴盒，金属搭扣发出轻微的咔嗒声。老人监护仪上的呼吸曲线变得平缓舒展，像是跟着琴声的余韵在轻轻摇摆。我忽然注意到他泛着青灰的指甲盖正微微颤动，在白色被单上划出几道几乎看不见的褶皱——这是入院以来他第一次对外界刺激产生反应。

隔壁床的呼吸机突然报警，护士们小跑着去处理新的状况。但空气里似乎还残留着某种温润的震颤，消毒水的气味里混进了松香的气息。我靠着药品车慢慢摘下手套，露出被汗浸得发白的手指，胸前的听诊器还在随着步伐轻轻摇晃。

走廊的广播准时响起钢琴曲时，我正给23床调整输液速度。余光瞥见小南背着琴盒的瘦小身影从玻璃门外闪过，她踮脚按电梯按钮的样子和每天来送餐的护工女儿没什么不同。但老人监护仪上那道趋于平缓的绿色波浪线，分明还记录着三十分钟前某个特殊的峰值——当D大调的颤音掠过他耳际时，血氧饱和度突然跳升了三个百分点。

药车轱辘碾过地胶的声响从远处传来，混合着此起彼伏的仪器提示音。我翻开新的护理记录单,笔尖悬在"病情观察"栏上方顿了顿。最终在规整的病程描述末尾,添了句不合规范的小字:"15:00–15:30,患者孙女床旁小提琴探视,详见家属沟通记录。"

肺腑之间

晨光漫过三楼窗台时，消毒水的气味正在走廊里苏醒。护士长抱着一沓预约单推门而入，白大褂下摆掠过门框时带起一阵风，吹散了诊室角落的晨雾。

"小海医生，今天有六个常规检测，还有两个急诊转诊。"护士长把表格按在桌角，金属夹子撞在肺功能仪的铝合金外壳上，"叮"的一声脆响。她转身时，我看见她后领别着去年院庆的银杏叶胸针，叶脉上还沾着昨夜的雨渍。

我望向墙上的老式挂钟，铜制钟摆将八点的阳光切成碎片。便携式支气管镜在晨光中泛着冷调的青，上周开箱时覆在镜头的保护膜还黏在操作台上。仪器旁摆着外公留下的老怀表,表链缠着褪色的红绳——那是他临终前咳着血塞给我的,说当医生的总要有个提醒时间的物件。

"医生,这机器真能算命?"碎花连衣裙的褶皱里抖落出茉莉香,大妈半个身子探过检查台,染成栗色的发梢扫过我的胸牌。她指甲上的水钻在显示屏蓝光里闪烁,像散落的星子。

我扶正滑落的听诊器:"这是肺功能检测仪,主要看肺活量和通气功能……"

"哎哟,跟我一起跳广场舞的刘姐说,这机器能测出人还剩多少阳寿!"她神秘兮兮地压低声音,腕上的银镯子磕在操作台边沿,"上回她查完,当晚就把存折密码告诉闺女了。"

诊室突然灌进穿堂风,携着四月杨花和急诊科的喧嚣。年轻母亲撞开门的瞬间,怀里的孩子像片凋零的叶。小男孩的指甲泛着缺氧的淡紫,喉间哮鸣音刺破寂静,让我想起外公临终时破风箱般的呼吸声。

"雾化器准备!"我的白大褂擦过罗玲护士的臂弯,她耳后淡茉莉香和急诊科郑医生身上的雪松气息微妙重叠。上周暴雨夜急救时,这位急诊科新秀训斥罗玲的声音穿透走廊:"除颤仪不是玩具!"可此刻他倚在门框上,工牌在逆光中晃成金色涟漪,目光却凝在罗玲颤抖的指尖。

大妈突然拍案而起:"医生你快看!这波浪线跟我跳《最炫民族风》时甩的绸带一模一样!"她染着丹蔻的手指戳向屏幕,监测曲线正在哮喘患儿的喘息中剧烈波动。

郑医生跨步上前时,白大褂掀起的气流卷起预约单。他修长的手指划过屏幕:"阿姨,这峰值流速就像您跳广场舞的爆发力……"

"能拿冠军不？"大妈眼睛倏地发亮，腕上银镯叮当作响。角落里，罗玲正轻轻托起患儿的下巴调整雾化面罩，晨光在她护士帽边缘镀上金边，而郑医生的喉结在讲解时不易察觉地滚动。

护士长再次推门而入时携来走廊的嘈杂，她胸前的银杏叶沾了片杨花。"小海医生，徐老师又来了。"话音未落，熟悉的咳嗽声已从门缝渗入。那位慢阻肺老人总穿着二十年前的教师制服，第三颗纽扣永远扣错位置，像他日渐衰竭的肺泡般倔强地错位。

候诊椅上的老人蜷成虾米，氧气管在布满老年斑的手背上勒出红痕。我蹲下身时，白大褂下摆扫过他磨白的裤管，瞥见藏在袖口的全家福照片——泛黄相纸里，穿白衬衫的青年站在师范学院的玉兰树下，肺部尚能吞吐整个春天的芬芳。

"您试着用腹式呼吸。"我扶住他嶙峋的肩胛，掌心传来蝴蝶骨震颤的频率。老人浑浊的瞳孔突然泛起光:"小海医生,我昨儿梦见能吹气球了,就是孙女生日那种……"

诊室突然爆发的笑声截断了他的叙述。大妈正举着检查报告手舞足蹈:"郑医生说我肺活量能吹起两个红灯笼!"她旋转时裙摆盛开如芍药,差点撞翻操作台上的老怀表。郑医生伸手去扶,指尖与罗玲的手背在金属表面短暂相触,雾化器喷出的药雾顿时在空中画出紊乱的弧线。

我起身时,阳光已从百叶窗东侧游移到西墙。支气管镜的冷光此刻泛着暖调,仪器旁不知何时多了杯枸杞茶,蒸腾的热气模糊了外公怀表的表盘。走廊传来担架车轮的轧轧声,与候诊区隐约的广场舞音乐奇妙共鸣。

徐老师忽然抓紧我的袖口,指甲缝里还沾着粉笔灰："当年我教《逍遥游》，说北冥有鱼……"他佝偻的脊背慢慢挺直，"现在倒真成了需要化鹏的蜉蝣。"

我握紧他冰凉的手，听见肺功能仪持续输出的滴滴声与挂钟的嘀嗒交织。诊室门开合间，不同的人生在此吐纳：大妈的银镯还在叮咚作响，年轻母亲正轻拍沉睡的孩子，郑医生和罗玲的背影在仪器光影中忽远忽近。而老人掌心的温度透过听诊器传来，像穿越时空的心跳。

当暮色开始浸染窗棂时，我摩挲着外公的怀表，金属外壳早已焐热。各种呼吸的韵律在诊室此起彼伏——哮鸣、喘息、咳嗽、欢笑以及那些未曾说出口的悸动，都在四月杨花纷飞中，交织成生命的潮汐。

第三辑

市井的脉息

尘封的梦，重拾未晚

窗外的雨丝斜斜地划过玻璃，在霓虹灯下折射出细碎的光。我蜷缩在隔离酒店的椅子上，手边的咖啡早已凉透。空调的嗡鸣声与雨滴敲打窗棂的节奏交织，恍惚间，监护病房里那些急促的警报声仿佛又穿透耳膜——

"67床心梗，准备血管再通！"

"66床氧合指数暴跌，立刻俯卧位通气！"

……

我闭上眼，喉咙发紧。三个月的支援任务结束了，可那些画面却像烙印般挥之不去。护士长曾开玩笑说这是"抗疫后遗症"，我却觉得更像一场醒不过来的梦。

手机屏幕忽然亮起,推送的新闻标题刺入眼帘:"上海高考首日,考生冒雨赴考"。雨、高考、救护车……记忆的阀门轰然洞开。

天还没亮,我便被母亲摇醒。她将一碗热气腾腾的鸡蛋面推到我面前,手指无意识地摩挲着围裙边,"多吃点,别紧张。"我点头,喉咙里却像塞了团棉花。

去考场的公交车上挤满了考生。窗外艳阳高照,蝉鸣聒噪。我攥着准考证,默背古诗文。突然,一声刺耳的刹车声划破空气,车厢猛地颠簸。前排有人尖叫:"撞到人了!"

雨水毫无预兆地倾盆而下。透过模糊的车窗,我看到一抹刺目的蓝色——是救护车。医护人员匆匆抬下担架,担架上蜷缩的身影穿着熟悉的蓝白校服。"是我们学校的!"有人喊。我的心跳骤然加快,手心渗出冷汗。

司机焦躁地拍打方向盘:"救护车堵死了路,得绕道!"车厢里炸开哭喊:"要迟到了啊!"我低头看表,离语文开考只剩二十分钟。

雨越下越大。我跳下车,迎着狂风狂奔。雨水灌进领口,校服衬衫紧贴在背上。跑到考场时,监考老师正锁门。"等等!"我扑过去,湿漉漉的头发贴在额前,像只狼狈的落汤鸡。

老师皱眉打量我:"准考证。"我颤抖着递上那张浸湿的纸片。她叹了口气,用纸巾擦了擦,挥手放行。

考场里,风扇吱呀转动。我抹了把脸,展开试卷。作文题目赫然入目:找回童年。

童年的记忆如潮水涌来。

七岁那年,我因高烧被父亲背到镇卫生院。诊室里弥漫着消毒水的气味,穿白大褂的老医生用听诊器贴在我胸口,冰凉的触感激得我一哆嗦。"小子,怕不怕打针？"他笑问。我摇头，目光却黏在他胸前的钢笔上——笔帽上刻着一只展翅的银鹤。

后来，我总爱拉着邻居玩"医生游戏"。用树枝当针筒，石子当药片，一本正经地给"病人"开处方："阿莫西林一天三次，头孢不能和酒同服！"伙伴们咯咯直笑："你咋懂这么多？"我仰起头："我要当医生，像李爷爷那样。"

高考前夜，母亲翻出我儿时的涂鸦本。泛黄的纸上画满歪扭的穿白大褂小人，旁边标注：救命英雄。她眼眶微红："小子，别给自己太大压力。"

考场上，我深吸一口气，提笔写下："童年不是褪色的糖纸，而是埋在心底的种子。有人用岁月浇灌它，有人用风霜磨砺它，而我将用一生去守护它破土而出的模样……"

我捏着请战书站在主任办公室外,指尖掐得发白。门内传来沙哑的争吵:"小海才规培结束,怎么能去一线!""他是党员!他自己要求的!"

出发那天下着冻雨。母亲送我上车,把一包艾草香囊塞进我怀里:"戴着,辟邪。"我抱了抱她,转身时瞥见她偷偷抹眼泪。

走廊永远亮着惨白的灯。防护服里,汗水顺着脊背往下淌,护目镜糊满水雾。36床的老爷子攥着呼吸面罩不肯戴,含糊地嘟囔:"别浪费东西,给我孙子留着……"我蹲下来,握紧他枯槁的手:"您得活着看他考上大学。"

那一晚,我蜷在值班室的椅子上写日记:"原来'医生'两个字,是比童年梦想沉重千万倍的责任。"

96岁的周阿婆被推进 ICU 时,血氧饱和度已跌至 70%。她患有糖尿病、冠心病,还经历过两次脑梗。

"放弃吧。"有人低声说。

我盯着监护仪上起伏的波形,想起高考那天在雨中奔跑的自己。

"上 ECMO!"我听见自己说。

三天后,阿婆的指尖微微颤动。护士小林举着超声探头惊呼:"医生,右心功能恢复了!"我隔着防护服拍了拍她的肩,眼眶发热。

出院那天,阿婆的儿子在走廊里长跪不起。我扶他起来时,他说:"您救的不是一个人,是我们全家人的命。"

我推开医院休息室的门,实习医生们正围坐着讨论病例。有人抬头笑问:"老师,当初为什么学医呀?"

窗外的梧桐沙沙作响。恍惚间,我又看见那个在雨中狂奔的少年,还有诊室里银鹤展翅的钢笔。

"因为……"我摸了摸胸前的工牌,"有些梦,值得用一辈子去追。"

游子的痕迹

大年初一的晨雾还裹着鞭炮的硫磺味,我站在老宅二楼的雕花木窗前,看着手机屏幕上星巴克 APP 转动的加载图标。六点三十二分,小程序里的热美式还是灰蒙蒙的未上架状态。我下意识摩挲着白大褂右口袋的位置——那里本该装着听诊器,此刻却只有睡衣柔软的褶皱。

楼下传来瓷碗相碰的脆响。"小海啊,要不要喝甜酒冲蛋?"母亲的声音混着糯米香飘上来。我望着巷口那棵歪脖子槐树,去年新开的星巴克就藏在虬结的枝丫后面,墨绿色招牌在晨雾里若隐若现。

"叮"的一声,手机突然震动。订单成功的提示跳出来时，我才发现自己把刷新键按出了裂纹。我抓起羽绒服往外跑，后颈突然被冷风灌了个激灵——这是急诊科医生的直觉，就像深夜接到抢救电话时那种条件反射般的清醒。

"哎哟，我的祖宗！"母亲举着竹簸箕从厨房追出来，碎花围裙上还沾着糯米粉，"初一不能往外跑财运！"我已经蹿过天井，老榆木门槛在运动鞋底发出熟悉的吱呀声。我想起二十年前也是这样，为了赶校车总把木门槛踩得直晃，门框上至今留着用铅笔画的刻度，记录着从一米二到一米八的时光。

星巴克的玻璃门把手上挂着"新春营业时间调整"的告示，穿红围裙的店员正在往电子屏上更新菜单。"小海医生？"收银台后的姑娘突然抬头，"您不是去上海工作了吗？"

咖啡机轰鸣声里，我认出这是三年前急性阑尾炎住院的护士小周。那时她刚卫校毕业，现在胸牌上已经印着值班经理的字样。"加赠的生肖贴纸。"小周把纸杯推过来时，热气在杯盖凝成小水珠，"听说您后来专攻重症医学？"

"是啊，总得有人守最后一道防线。"我摸着空荡荡的右口袋，那里本该别着签字笔。小周把生肖贴纸仔细贴在杯壁，金箔质感的金牛在蒸汽里若隐若现。

手机在口袋里震动，我摸到杯壁的温热才想起这不是值班呼叫。科室群消息不断往上跳，最新通知说探视时间增加到每日两次。我点开移动查房系统，翻看 3 床的电解质报告时，余光瞥见窗外晾衣绳上飘着的白大褂——昨夜洗得太急，袖口还沾着高铁上的泡面油渍。

"小海！"母亲的声音穿透薄雾。我回头望见老宅飞檐下晃动的红灯笼，那些我亲手贴的福字正在晨光里泛起金边。晒衣绳上的白大褂被风吹得鼓起,像只想要挣脱棉绳的鸽子。

高铁站前的老樟树被霓虹灯牌切割成碎片,我隔着车窗数那些扎进树干的铁钉——二十年前我和阿辉在这里挂过自制鸟窝。姨父的电动车在"便民超市"招牌前刹住车,玻璃门上倒映的 LED 彩带像一条流动的星河。

"海哥?"穿着深蓝色工装的男人突然从货架后探出头,手里还攥着扫码枪。我望着对方耳后的疤愣了两秒,那是我们初中翻墙偷枇杷留下的印记。"阿辉?你不是在深圳……"

"去年盘下的。"阿辉用扫码枪敲了敲"无糖专区"的标牌,进口苏打水和零卡零食在暖光灯下泛着冷调的光。

货架上的变化像 CT 扫描图般清晰:小时候五毛钱

的麦芽糖被日本生巧取代,挂着红穗头的散装瓜子换成了真空包装的每日坚果。唯有最底层货架还倔强地躺着几包大地红鞭炮,塑料包装上的财神爷笑得像被 AI 修复过般鲜艳。

"叮咚——"机械门铃响起的瞬间,我恍惚看见十五岁的我们挤在供销社柜台前,用汗津津的硬币换薄荷糖。阿辉的儿子此刻正踮脚取下货架顶层的费列罗礼盒,手腕上的电话手表闪着蓝光。

"要带点车上吃吗?"阿辉往塑料袋里塞了包麻花,金黄油亮的表面撒着黑芝麻——这手艺还是他奶奶传下来的。我摸着塑料袋上的水雾,想起急诊科那些无菌包装的营养剂,铝箔撕开时总会发出尖锐的叹息。

G1721 次列车冲破晨雾时,我正把麻花掰成小块。车窗上映出的白大褂轮廓让我想起晾在老宅的那件,此刻应该吸饱了阳光,在腊月寒风里跳着轻盈的华尔兹。

长江大桥的钢索如心电图般掠过天际时，手机突然在折叠桌板上震动。移动查房系统弹出红色预警：3床血钾浓度升6.1 mmol/L。我下意识摸向胸前，听诊器的金属触感却变成羊绒围巾的柔软。

"王护士，立即给10%葡萄糖酸钙10 ml静推。"信号断续的车厢里，我的声音像在湍流中抛出的绳索，"准备血液透析，我半小时后远程接入系统。"挂断电话时，发现掌心在麻花包装上按出了油印，像某种神秘的病理切片。

邻座女孩好奇地打量我卷边的《临床心电图学》，封面夹着星巴克的生肖贴纸。我忽然意识到，这本该是喝着甜酒冲蛋听母亲讲灶神故事的时刻，此刻却被切割成电子屏幕里的数据流。

上海虹桥的自动咖啡机吐出美式时，我注意到杯身没有生肖贴纸。数字显示屏跳动着 298 秒清洁倒计时，与家乡星巴克手写祝福卡的温暖背道而驰。公寓电梯的镜面映出我翻飞的衣角，像老家晒衣绳上挣动的白大褂。

凌晨两点，当我结束远程会诊推开窗户，远处高架桥的车灯汇成金色的河。恍惚间与老家门前晒谷场的星斗重叠，那些被霓虹稀释的星光，此刻在七百公里外的山坳里正璀璨如海。

手机相册自动推送"一年前今日"：母亲站在晾衣绳旁嗔怪我乱晒白大褂，背景里那杯星巴克在木窗台上蒸腾着热气。我忽然读懂那些顽固的禁忌——不是怕扫走财运，而是想把游子的痕迹多留片刻。

大暑

消毒水的气味在走廊里弥漫，像一层看不见的雾。我推开监护室的门，冷气扑面而来，与窗外的暑热形成鲜明对比。这是我第一次在重症监护室值班，洗手服摩擦皮肤的触感还未习惯，口罩里的呼吸声清晰可闻。

"请至9床，外科术后腹腔感染，心率快……"护士站的呼叫打破了清晨的寂静。我快步走向9床，监护仪的警报声由远及近，像某种不祥的预兆。

病床上的男人紧闭双眼，额头上沁出细密的汗珠。监护仪上跳动的数字显示着他的生命体征：心率128次/分，血压160/95 mmHg，血氧饱和度90%。我轻轻握住他的手，感受到掌心粗糙的老茧和微微的颤抖。

"陈师傅，我是值班医生。"我凑近他耳边说道，"您现在在监护室，我们会照顾好您的。"他的眼皮动了动，却没有睁开，只是用指尖轻轻回握了我的手。

我注意到他的手臂，黝黑的皮肤下是结实的肌肉，却布满了深浅不一的疤痕。这些痕迹诉说着一个劳动者的故事，让我想起老家那些在建筑工地上挥汗如雨的身影。

走廊里传来压抑的啜泣声。我循声望去，一个年轻女孩蜷缩在墙角，她的肩膀随着抽泣微微抖动。我走近时，她慌忙擦去眼泪，露出红肿的眼睛。

"我是陈师傅的女儿。"她的声音有些沙哑，"爸爸他……"话未说完，泪水又涌了出来。我递给她一张纸巾，听她断断续续地讲述：父亲在工地干了半辈子，好不容易等到女儿在上海站稳脚跟，却查出了肿瘤。

手术后的并发症让他再次住进了医院。

回到病房,我调整着输液速度,看着药水一滴一滴落下。陈师傅的呼吸渐渐平稳,监护仪上的数字也开始趋于正常。窗外的阳光透过百叶窗斜斜地洒进来,在地板上投下斑驳的光影。

傍晚时分,我再次查看9床的情况。陈师傅已经清醒,虽然还不能说话,但眼神清明了许多。我注意到他的目光不时飘向门口,那里有他牵挂的人。

交班时,我站在监护室门口,看着夕阳染红的天际。手机震动,是母亲发来的消息:"今天是你第一次值夜班,记得按时吃饭。"我这才想起,已经一整天没有好好吃过东西了。

夜色渐深,医院走廊的灯光变得柔和。我望着窗外,想起陈师傅女儿红肿的眼睛,想起父亲布满老茧的双手,想起母亲每日的叮嘱。在这个大暑的夜晚,我忽然明白，生命中最珍贵的不是那些宏大的理想，而是这些细微的牵挂与守候。

监护仪的嘀嗒声依旧规律，像时光的脚步，提醒着我们珍惜每一个当下。我轻轻推开9床的门，看见陈师傅已经入睡，他的女儿趴在床边，一只手还握着父亲的手。月光透过窗户洒在他们身上，仿佛为这静谧的画面镀上了一层银辉。

交班时，我站在监护室门口，看着夕阳染红的天际。手机震动，是母亲发来的消息："今天是你第一次值夜班，记得按时吃饭。"我这才想起，已经一整天没有好好吃过东西了。

夜色渐深，医院走廊的灯光变得柔和。透过监护室的观察窗，我看见陈师傅的女儿蜷缩在等候区的长椅上，怀里紧抱着父亲沾着水泥渍的工作服。月光穿过廊窗在她身上投下清辉，将那道单薄的身影拉得很长，长得仿佛能触到9床的监护仪。仪器屏幕的蓝光有规律地跳动着，映在陈师傅微微张开的指间——那里悬着条褪色的红绳，系着枚小小的平安锁，正是探视时女儿偷偷塞进他掌心的。

医路归途

初二的晨光渗进病房时，监护仪的警报声已响了三轮。我站在3床前，呼吸机管道的冷凝水顺着我的白大褂往下淌，在衣摆凝成深色斑点。患者周天天胸前的引流管突然震颤起来，像老家屋檐下被北风撕扯的破灯笼。

"医生，昨天刚送检的肺泡灌洗液报告。"护士递来的平板电脑上，乳糜微粒数值在荧光中跳动。滑动屏幕的手指突然顿住——十天前在故乡人民医院的走廊里，同样的数值曾在二叔公的病历本上泛黄。

记忆如潮水漫过消毒水的气味。小年夜那天，故乡医院的暖气片嘶嘶漏着气，二叔公的女儿从布包里掏出个玻璃罐："哥，这是托人从云南带的野生三七粉……"罐底沉淀的褐色颗粒，与此刻周天天床头柜上那瓶"纳米硒抗癌胶囊"的说明书重叠，两种不同年代的迷信在晨光里折射出相似的光晕。

"准备支气管镜复查。"我按下呼叫铃时，瞥见周天天女儿手机屏幕上的弹窗广告——"AI算命测癌症预后"。这画面与十天前二叔公病房里闪烁的"祖传秘方"直播间形成奇异的镜像，仿佛时光在两地病房架起棱镜。

午休时我摸到白大褂口袋里的硬物。中国科协的邀请函镶着银边，在值班室日光灯下泛着冷光。文件抬头"肿瘤防治科普专家"几个字刺得我眼眶发酸，前天深夜的视频会诊突然浮现在眼前：故乡医院的陈主任举着手机，镜头扫过走廊里成箱的"量子磁疗仪"，最后定格在护士站发霉的《癌症防治手册》上。

黄昏查房时，监护仪突然发出蜂鸣。周天天枯枝般的手指抓住我的腕表，气管切开处喷出的血沫在空气中划出弧线："医生……我侄子在县城买的……熊胆粉……"老人从枕下摸出个油纸包，泛黄的报纸碎片簌簌而落，某则"神医攻克癌症"的旧闻标题在血污中若隐若现。

这一刻，我仿佛看见无数双手在迷雾中挥舞。上海与故乡相隔七百公里，可当他在PACS系统上调出两地患者的CT影像时，那些转移灶的雪花点分明在云端连成星座——一个由信息鸿沟构筑的病理星系。

深夜的办公室漂浮着咖啡因的气息。视频会议界面次第亮起：科协的科普作家。有人提议用方言录制短视频，有人展示AR解剖模型，当谈到在县医院设立"谣言粉碎站"时，故乡的陈主任突然打开摄像头——

他身后的宣传栏上,"五行抗癌食谱"的海报正在被撕下,露出底下雪白的墙面。

凌晨三点,我把车票夹进工作证。窗外高架桥的车流织成金线,让我忽然想起老宅晒谷场上的星斗。手机相册自动推送"两年前今日":母亲在灶台前熬着艾草汤,蒸汽模糊了窗上的"科学防疫"宣传单。

晨会上,投影仪蓝光照亮我眼下的青影。"这是故乡医院刚共享的病例。"我点击鼠标,二叔公与周天天的 PET-CT 影像并排浮现,"同样的原发灶,相似的转移路径,却都被伪科学耽误了三个月。"

会议室陷入寂静,只有新风系统在呜咽。我突然走到窗前扯开百叶帘,朝霞正将陆家嘴的玻璃幕墙染成橙红:"我申请带组下乡,把多学科会诊系统装进县医院的机房。"

散会后,我在更衣室摸到忘换的睡衣。右口袋里藏着星巴克的生肖贴纸，咖啡渍在布料上洇出棕褐色地图——上海与故乡的轮廓，此刻在晨光里正被一条科普之路悄然缝合。

雨中的守护

窗外的雨丝细细密密地飘着,像是给整个世界蒙上了一层薄纱。我靠在沙发上,听着今年春晚我最喜欢的歌曲《世界赠予我的》,手机突然震动了一下。

是老宋发来的消息。他是我在抗疫时认识的好战友,现在在中医院的重症监护室工作。说来也巧,我们都在重症监护室,只不过他在中医院,我在西医院。他总是打趣说,他是中西医结合,比我这个只会用西药的强多了。

我随手拍了一张舌苔的照片发给他。最近总觉得疲惫,想让他帮我看看。没想到他秒回:"舌苔厚腻,湿气重,你这是缺乏运动啊。"

我忍不住笑了。这个老宋，总是这样一针见血。记得在抗疫期间，有次我连续工作了 36 个小时，累得靠在墙上就能睡着。他给我把了把脉，二话不说就给我熬了一碗中药。那苦涩的味道，至今难忘。

说起抗疫的日子，我的心情又沉重起来。那时候，我们并肩作战，穿着厚重的防护服，在病房里一待就是十几个小时。老宋总是随身带着他的中药方子，说这是他的"武器"。有一次，一个病人突然呼吸困难，他立刻开了一副中药，病人的症状就缓解了。那一刻，我真正体会到了中医的神奇。

"叮咚"，手机又响了。是健身教练老于发来的消息："今天得在家带娃，你自己练吧。"我无奈地摇摇头。是我介绍老于家的孩子到老宋那边调理身体的，现在倒成了他的借口，好个甩手掌柜。

我换上运动服，准备去跑步。刚走到门口，手机又响了。这次是舅舅打来的。

"小海啊,你外婆又不肯去医院了。"舅舅的声音里透着无奈,"今天是膀胱灌注的日子,她说太难受了,死活不肯去。"

我的心一下子揪了起来。外婆的膀胱息肉去年复发了,现在需要定期做灌注治疗。每次治疗都要插尿管,老人家确实很难受。外公走后,外婆的脾气越来越倔,只有我能劝得动她。

"舅舅,你把电话给外婆。"我深吸一口气,努力让自己的声音听起来轻松一些。

"外婆,是我。"我听见电话那头传来窸窸窣窣的声音,想象着外婆慢吞吞地接过电话的样子。

"小海啊……"外婆的声音有些哽咽,"那个管子插进去太难受了,我能不能晚点再去?"

我的眼眶一下子湿润了。记得外公最后一次住院时，也是这样哀求我："小海，我不想住院，你让我回家吧。"当时我跪在病床前，握着他枯瘦的手，一遍遍地说："外公，你相信我，我一定会治好你的。"

可是最后，我还是没能留住他。

"外婆，"我努力让自己的声音保持平稳，"这次我让宋主任给你开点中药，调理一下身体。但是治疗还是要按时做，好不好？"

电话那头沉默了很久，终于传来外婆的声音："那……那好吧。不过你要让宋主任多开点药，我最近总觉得没力气。"

"好，我一定让老宋给你好好看看。"我松了口气，"外婆，你要听话，等我休假就回去看你。"

挂掉电话，我站在窗前，看着外面绵绵的细雨。雨丝在路灯下泛着微光，像是无数细小的银针。我突然想起老宋在抗疫期间说过的话："治病救人，中西医各有所长，关键是要用心。"

我换上跑鞋，推开门走进雨中。雨水打在脸上，凉凉的，却让我感觉清醒了许多。跑步是我最擅长的运动，这要归功于我的跟腱特别长。记得在抗疫期间，有次我和老宋打赌，看谁先跑完五公里。结果他输了，不得不请我吃了一周的盒饭。

跑着跑着，我的思绪又飘回了医院。生命是如此脆弱，却又如此顽强。就像外公，明明已经虚弱得说不出话，却还是紧紧抓着我的手，直到最后一刻。他放心不下外婆，也放心不下我。

雨渐渐停了，天边露出一抹鱼肚白。我停下脚步，擦了擦额头的汗水。手机又响了，是老宋发来的消息："给你外婆开的方子发你微信了，记得让她按时吃药。"

我笑了笑，回复道："谢了，老宋。改天请你吃饭。"

"得了吧，你欠我的饭都够吃一年了。"老宋很快回复，"对了，你那个舌苔，除了运动，还得注意饮食。我给你开了个食疗方子，记得按时吃。"

我看着手机屏幕，突然觉得很温暖。在这个世界上，有人关心你的健康，有人在意你的感受，这就是最大的幸福吧。

回到家，我给舅舅发了条消息："外婆今天去做治疗了吗？"

过了一会儿，舅舅回复："去了，虽然还是不太情愿，但总算去了。多亏了你。"

我放下手机，望着窗外渐渐亮起来的天色。新的一天开始了，医院里还有很多病人在等着我们。我换上白大褂，准备去上班。

走到门口时，我又回头看了一眼茶几上的中药方子。那是老宋给外婆开的，也是给这个家开的希望。

听不见的守护

正月初三的夜晚,医院的走廊终于安静下来。我脱下白大褂,揉了揉酸胀的太阳穴,走出医院大门。寒风扑在脸上,我缩了缩脖子,快步走向家的方向。

推开家门,屋里的暖气扑面而来。我随手将钥匙扔在玄关的柜子上,疲惫地倒在沙发上。窗外的月光透过纱帘洒进来,在地板上投下斑驳的光影。我闭上眼睛,耳边似乎又响起了外婆的声音。

记忆像潮水般涌来,带我回到了童年。那时候,妈妈工作忙,我几乎是在外婆家长大的。外婆家离幼儿园只隔着一道铁栅栏,每当户外课的时候,我总是最兴奋的那个。我会趴在铁栅栏上,冲着外婆家的方向大喊:"外婆!我饿了!"

外婆的听力特别好,一听到我的喊声,就会立刻从屋里冲出来。她的围裙上总是沾着面粉,手里攥着一块小熊饼干。她隔着栅栏把饼干塞进我手里,笑眯眯地说:"慢点吃,别噎着。"那块饼干虽然不大,却让我一整天都开心得不得了。我会在小朋友们面前炫耀,然后和他们一起分享。

外婆不仅是我的零食供应站,还是我的保护神。每次我调皮捣蛋,妈妈气得要揍我时,外婆总会及时出现。她挡在我面前,对妈妈说:"孩子还小,不懂事,你别打他。"然后她会把我搂在怀里,轻轻拍着我的背,直到我停止哭泣。

想到这里,我的嘴角不自觉地扬起。那时的外婆,是我的整个世界。

然而,前几天回老家看望外婆时,我发现她真的老了。她一个人坐在摇椅上，眼神有些呆滞，手里握着一只旧茶杯。屋里很安静，只有时钟的嘀嗒声。我走近她，轻声唤道："外婆，我回来了。"

她缓缓抬起头，眯着眼睛看了我好一会儿，才认出是我。她的耳朵背了，听不清我在说什么，只能靠猜测来回应。舅舅告诉我，外婆现在只听我下的医嘱，其他人的话她总是听不清，还会自己加工一番再说出来，常常逗得大家捧腹大笑。

"外婆，最近感觉怎么样？"我蹲在她面前，握住她布满皱纹的手。

她笑了笑，说："你回来了就好，快给我听听，心率怎么样？血压高不高？"

我拿出听诊器，仔细为她检查。她的心跳有些微弱，但还算平稳。我一边记录数据，一边在心里盘算着该调整哪些药物。

每次回家，我第一件事就是为外婆整理药物清单。她的床头柜上摆满了药盒，每一种药都需要按时服用。我会耐心地把每种药的服用时间和剂量写在纸上，再把复查的时间表列出来。外婆总是要求我在病历上签字，她说："有你签字，我就放心了。"

整理完药物，我坐在外婆身边，陪她聊天。虽然她听不清我说什么，但她依然努力回应着，时不时冒出一句让人哭笑不得的话。舅舅说，外婆现在是个老顽童，总是用她独特的方式逗乐大家。

然而，外婆的听力问题也引发了一些家庭矛盾。那天晚上，舅舅和妈妈因为外婆的事情吵了起来。

"妈现在只听小海的话，我们说什么她都听不清，还总是误解我们的意思。"舅舅皱着眉头说。

"那能怎么办？她耳朵背了，我们总不能逼着她听吧。"妈妈也有些无奈。

"可是这样下去，我们怎么照顾她？连基本的沟通都成问题。"舅舅的语气里带着一丝烦躁。

我站在门口，听着他们的争吵，心里一阵酸楚。外婆的听力问题确实给家人带来了不少困扰，但我明白，这并不是她的错。

我走进客厅，轻声说道："舅舅，妈妈，外婆的听力问题我们可以想办法解决。姨妈不是给外婆配了助听器吗？我们可以再试试。"

妈妈叹了口气，说："别提了，你姨妈花了不少钱买的那个助听器，外婆根本不会用。每次戴上都会发出很大的蜂鸣音，吵得她自己都受不了，现在干脆不戴了。"

我愣了一下，想起上次回家时，外婆确实抱怨过助听器不好用。她说那东西戴在耳朵上像是有只蜜蜂在嗡嗡叫，根本听不清别人说话。

"要不这样,我明天带外婆去重新调试一下助听器,看看能不能解决问题。"我提议道。

舅舅点了点头,说:"也只能这样了。不过你外婆现在对那东西很抗拒,估计不愿意去。"

第二天一早,我带着外婆去了助听器店。店员耐心地为她调试设备,但外婆总是皱着眉头,时不时把助听器摘下来。

"这东西戴着不舒服,耳朵里嗡嗡响,还不如不戴。"外婆抱怨道。

我蹲在她面前,轻声劝道:"外婆,您再试试,调好了就能听清楚了。"

她看了我一眼,叹了口气,勉强把助听器戴了回去。然而,没几分钟,她又摘了下来,说:"算了,我听不清就听不清吧,反正你们说的我也不爱听。"

我无奈地看着她,心里一阵酸楚。外婆的固执让我想起了小时候,她总是坚持给我带小熊饼干,即使我妈妈反对。

回到家后,外婆的听力问题依然没有得到解决。家人之间的争吵也越来越多。姨妈因为花了钱却没能解决问题,心里有些不快;舅舅则觉得外婆太固执,不愿意配合。

我站在外婆的房门口,听着屋里的争吵声,心里一阵无力。我知道,外婆的听力问题不仅仅是技术问题,更是心理问题。她不愿意接受自己老了的事实,也不愿意依赖那些冷冰冰的机器。

夜深了,我帮外婆盖好被子,轻轻关上她的房门。回到客厅,我坐在沙发上,望着窗外的月光,心里涌起一阵酸楚。曾经那个健步如飞、听力敏锐的外婆,如今却变得如此脆弱。而我,从那个需要她保护的小男孩,变成了她的守护者。

我走到书桌前,打开台灯,开始整理外婆的病历。我在每一页的右下角签下自己的名字,字迹工整而有力。我知道,这些签名不仅是医嘱的证明,更是我对外婆的承诺。

窗外的雪渐渐停了,月光洒在书桌上,照亮了那些整齐的药盒和病历本。我轻轻抚摸着药盒上的标签,仿佛能感受到外婆的温度。那些年,她用手帕包着小熊饼干递给我;如今,我用医嘱和药盒守护着她的健康。

我合上病历本,走到窗前。远处的天空泛起一丝微光,新的一天即将开始。我深吸一口气,心里默默说道:"外婆,我会一直陪着您,就像您曾经陪着我一样。"

母子情深

我站在重症监护室的玻璃窗前,看着里面忙碌的同事们。监护仪发出规律的嘀嗒声,呼吸机有节奏地起伏,这是我再熟悉不过的场景。

口袋里的手机突然震动起来,是体检中心的电话。我的心猛地揪紧了,三天前我带母亲去做胃肠镜检查,她一路上都在抱怨:"我都说了没事,非要来受这个罪。"

"小海医生,您母亲的检查结果出来了。"电话那头的声音很严肃,"乙状结肠发现一个 4.5 cm 的占位性病变,建议尽快做病理检查。"

我的手心沁出冷汗,眼前突然浮现出小时候发烧的场景。那时我因为偷吃冰淇淋导致扁桃体发炎,母亲一边给我量体温一边数落："叫你别吃凉的，非不听，现在好了吧？"可她还是会整夜守在我床边，用温热的毛巾一遍遍擦拭我的额头。

"小海医生？"

"我在听。"我深吸一口气，"麻烦把检查报告发到我邮箱，我马上过去取。"

挂掉电话，我靠在墙上，感觉双腿发软。监护室里的警报突然响起，我条件反射般冲了进去。23床的病人心跳骤停，我立刻开始心肺复苏。

"肾上腺素 1 mg 静推！"

"准备除颤！"

"继续按压！"

我的白大褂被汗水浸透，但手上的动作丝毫不敢松懈。终于，在第三次除颤后，监护仪上重新出现了规律的波形。我长舒一口气，这才发现自己的手在微微发抖。

下班后,我拖着疲惫的身体回到家。推开门,就闻到一股熟悉的香味。母亲正在厨房里忙碌,锅里炖着我最爱喝的排骨汤。

"回来啦?快去洗手,马上就能吃饭了。"母亲头也不回地说,"今天特意买了新鲜的排骨,炖了两个多小时呢。"

我站在厨房门口,看着她略显佝偻的背影。记忆中那个总是数落我的母亲,不知从什么时候开始变得这样瘦小。她的头发已经花白,动作也不如从前利索,可还是坚持每天为我准备三餐。

"妈,"我轻声说,"明天我陪您去医院做个复查。"

"又去医院?"母亲皱起眉头,"不是刚检查过吗?我都说了没事,你就是太紧张了。"

我张了张嘴,却不知该如何开口。作为一名医生,我见过太多因为延误治疗而追悔莫及的病例。可此刻面对母亲,我却像个不知所措的孩子。

"我看了抖音,上面说吃南瓜子可以消息肉。"母亲一边盛汤一边说,"明天我去买点,你也吃点,你们医生工作那么累,要注意身体。"

我看着她布满皱纹却依然明亮的眼睛,突然想起小时候每次生病,她也是这样絮絮叨叨地数落我,却又无微不至地照顾我。现在角色互换了,我却不知该如何是好。

"妈,"我接过她手中的汤碗,"明天一定要去医院,我陪您去。"

"你这孩子,怎么这么固执。"母亲叹了口气,"好吧好吧,去就去,不过你得答应我,检查完带我去吃那家新开的火锅。"

我勉强挤出一个笑容:"好,都听您的。"

夜深人静时，我坐在书桌前反复查看母亲的检查报告。CT影像上那个明显的占位像一块巨石压在我心头。我打开医学数据库，查阅着相关文献，却怎么也静不下心来。

手机突然亮起，是科室群里的消息：36床病人情况恶化，需要紧急会诊。我看了眼时间，凌晨两点。穿上外套准备出门时，我发现母亲的房门虚掩着，里面传来轻微的咳嗽声。

我轻轻推开门，看见母亲蜷缩在床上，手里还攥着手机。屏幕亮着，停留在某个养生视频的页面。我的眼眶突然发热，轻轻替她掖好被角。

这一刻，我既是医生，也是儿子。在重症监护室里，我是病人的希望；在家里，我是母亲的依靠。两种身份交织在一起，让我感到前所未有的责任与压力。

第二天一早，我特意请了假陪母亲去医院。路上，她一直念叨着抖音上看到的"养生秘方",我耐心地听着,时不时附和几句。

候诊时,母亲突然握住我的手:"儿子,妈是不是给你添麻烦了?"

我愣了一下,随即摇头:"怎么会呢?您养我这么大,现在该我照顾您了。"

母亲的眼眶有些发红,却还是笑着说:"你小时候生病,我总骂你。其实不是生气,是害怕,怕你出事。"

我紧紧握住她的手,就像小时候她牵着我去诊所一样。这一次,换我来守护她。

哥哥的礼物

记忆中的哥哥总是离我很远。

那年我八岁,他十八。每次他来我家,我都眼巴巴地跟在后面,像条小尾巴。可他从来不愿意带我玩,总是趁我不注意就溜走了。我趴在窗台上,看着他骑着自行车远去的背影,车筐里装着渔网,我知道他又要去河边抓鱼了。

"哥哥,带我去嘛!"我追到门口喊。

"下次,下次一定带你去。"他头也不回地蹬着车子,声音飘散在风里。可我知道,永远不会有下次。夕阳把他的影子拉得很长,长得让我觉得永远也追不上。

后来他去了杭州打工,每年春节才回来一次。每次回来，他都会给我带一些稀奇古怪的零食。有包装精美的巧克力，有我没见过的果冻，还有装在铁盒里的饼干。那些东西在我们这个小县城是买不到的，我总是在他回来的前几天就开始期待。

记得有一年，他带回了一种叫"费列罗"的巧克力。金灿灿的包装纸在阳光下闪闪发亮，我舍不得吃，把它藏在抽屉里，每天拿出来看一看。直到有一天发现巧克力化了，我才懊恼地剥开包装，小心翼翼地舔着已经变形的巧克力球。那是我第一次知道，原来世界上还有这么好吃的东西。

再后来，他带回来一个陌生的女人。那是我第一次见到嫂子，她穿着淡紫色的连衣裙，笑起来眼睛弯弯的。哥哥看她的眼神，就像我看他带回来的那些零食一样，充满了期待和欢喜。

他们结婚后，哥哥从杭州回来了。他说要在家乡创业，开一家英语培训机构。我问他："你英语不是不好吗？为什么开英语培训机构？"他笑着说："正是不好，我才要让会说英语的人被我管。"但我知道，他是想让家乡的孩子们都能学好英语。

机构开张那天，我去了。教室里摆着崭新的课桌椅，墙上贴着英文字母表。哥哥站在讲台上，西装笔挺，像个真正的老师。他说话时眼睛发亮，仿佛看到了无数孩子从这里走出去，走向更广阔的世界。

两个侄子相继出生，哥哥的事业也越来越好。每次家庭聚会，他都要提起我在上海工作的事。"我弟弟在上海呢！"他说这话时，语气里满是骄傲。可我发现，他对大侄子的要求越来越严格，每次考试都要名列前茅，周末还要上各种补习班。

直到有一天，嫂子打电话来，说大侄子在学校出了状况。老师上课时，他突然站起来走出教室，坐在走廊的长椅上看起了漫画。哥哥气得要打他，可看到孩子茫然的眼神，又下不去手。

我建议他们带孩子来上海看看。在宛平南路200号，专家诊断出大侄子患有双向情感障碍。哥哥和嫂子愣在那里，半天说不出话来。我看到哥哥的手在发抖，他不停地问："是不是我们给他的压力太大了？"

那天晚上，哥哥坐在宾馆的床上，一根接一根地抽烟。月光从窗外照进来，照在他微微发白的鬓角上。我突然发现，曾经那个意气风发的青年，不知何时已经有了皱纹。

"记得小时候，我总是不带你玩。"他突然说，"其实不是不想带，是怕你出事。河边太危险了，我又不会照顾人。"我愣住了，原来这么多年，我一直误会了他。

治疗的过程很漫长，但效果渐渐显现。大侄子的情绪稳定了许多，成绩也不再是哥哥最关心的事。他开始带着孩子们去河边钓鱼，就像当年他独自去的那样。只是这一次，他耐心地教着孩子们如何撒网，如何等待。

哥哥和嫂子开始尝试各种方法来帮助大侄子。他们发现大侄子对音乐特别敏感，就买来了一架电子琴。每天晚上，嫂子都会陪他练习，从最简单的音阶开始。渐渐地，大侄子能弹出完整的曲子了，他的情绪也在音乐中得到了释放。

他们还制定了一个"星星计划"。每次大侄子完成作业或者控制住情绪，就能得到一颗星星。集齐十颗星星，就可以实现一个小愿望。这个计划不仅激励了大侄子，也让小侄子学会了坚持和努力。

哥哥还特意在培训机构开设了心理辅导课，请来专业的心理咨询师。他希望通过这种方式，让更多的家长意识到心理健康的重要性。每次上完课，他都会和嫂子讨论很久，思考如何把这些方法应用到对孩子的教育中。

周末的时候，他们会带着两个孩子去郊外野餐。哥哥教他们认识各种植物，嫂子则准备了许多益智游戏。在轻松的氛围中，大侄子慢慢学会了与人相处，也找到了学习的乐趣。

去年春节，哥哥又给我带了礼物。这次不是巧克力，而是一本相册。里面全是我们小时候的照片，有些我都没见过。有一张特别模糊，是我追着他的自行车跑，他回头张望的瞬间。原来在我看不见的地方，他也曾这样回头看我。

翻到最后一页，夹着一张皱巴巴的糖纸。是我当年舍不得吃的那个费列罗的包装纸，不知何时被他收了起来。金色的糖纸已经褪色，但依然能看出当年的光泽。

"其实那天我看到巧克力化了,"哥哥说,"就想着以后一定要给你买更多。"我摸着那张糖纸,突然明白,原来爱一直都在,只是以不同的方式存在着。

就像他当年独自去河边,是为了给我带回新鲜的鱼;他去杭州打工,是为了给我带回从未见过的零食;他开英语培训机构,是为了让更多的孩子有机会走出去看世界。

现在的他,终于学会了如何表达爱。不是通过严格的要求,而是通过耐心的陪伴。每个周末,他都会带着两个侄子去河边,教他们认识不同的鱼,告诉他们要像鱼儿一样,找到属于自己的方向。

而我,也终于懂得了那些年他偷偷溜走的原因。有些爱,需要时间的沉淀才能看得清楚。就像那颗化掉的巧克力,虽然没能及时品尝,但那份甜蜜,终究会在记忆里永远留存。

年味·炒粉缘

在中国传统的春节里,大年三十的午后,总是弥漫着一种特别的氛围——家的温暖与节日的喧嚣交织在一起,构成了一幅幅温馨而又热闹的画卷。今年的大年三十也不例外,我在外婆家享用了一顿丰盛的午餐,桌上摆满了各式各样的佳肴,从清蒸鱼到红烧肉,每一道菜都承载着家人满满的爱意。饭后,饱腹感让我有些慵懒,但舅舅提议说,不如开车去附近刚开发的金石山景区走走,消化一下食物,也顺便看看家乡的新风景。

小姨和大姨闻言,也纷纷赞同,于是我们一行四人,驱车前往金石山。然而,当我们抵达景区门口时,却发现大门紧闭,告示牌上写着"春节期间闭馆维护"。这突如其来的变故,让我们略感失望,但舅舅很快调整了计划,说不如就近找家小吃店,品尝一下家乡的味道,也算不虚此行。

驱车行驶在熟悉的街道上,不久,一家名为"老李家炒粉店"的小店映入眼帘。这家店虽不起眼,却承载着我许多难忘的回忆。记得上一次来这里,是在外公葬礼结束后的清晨,那时的我正准备返回上海工作,心中满是离别的愁绪。一碗热腾腾的炒粉,成了我踏上归途前的一丝慰藉。那天在前往高铁站的路上丢失身份证的经历至今记忆犹新。

那个清晨,天色微亮,空气中还带着一丝寒意。我坐在店里,手里捧着一碗刚出锅的炒粉,热气腾腾的粉条裹着酱汁,香气扑鼻。那是我在外公去世后第一次感到一丝温暖。然而,就在我匆匆赶往高铁站的路上,发现身份证不见了。慌乱中,我沿着来时的路寻找,最终在炒粉店附近的路边找到了它。那一刻,我甚至有种错觉,仿佛故乡在挽留我,不想让我离开。

舅舅将车停在店门口,我们下车走进店内。此时,店内已显得空荡荡的,老板正忙着收拾锅碗,准备打烊。我环顾四周,一切似乎都没有改变,那熟悉的油烟味、墙上挂着的老式菜单,还有老板那张慈祥的面孔,都让我感到格外亲切。

"老板,还有炒粉吗?"我满怀期待地问道。

老板抬头看了我一眼,笑容中带着几分歉意:"都快过年了,已经卖完了。"

我的心中不禁涌起一丝遗憾,正要转身离开,老板用铲子敲了敲铁锅边沿,油星子溅在糊着报纸的墙上:"正月里说'没有'要触霉头的嘞!"他转身从竹篓底下摸出三个鸡蛋,蛋壳还黏着稻壳。他接着说:"这样吧，看你们也是远道而来，我这就给你们现做一份，不过材料可能没那么齐全了，希望你们别介意。"

我连忙点头，感激之情溢于言表。看着老板忙碌的身影，我不禁陷入了沉思。炒粉，这道看似简单的小吃，却在我心中有着非同寻常的意义。它不仅是味蕾上的享受，更是连接我与家乡情感的纽带。每一次品尝，都能勾起我对家乡深深的思念，对亲人的无尽眷恋。

不一会儿，老板端上了热气腾腾的炒粉。那熟悉的味道，瞬间唤醒了我所有的记忆。我小心翼翼地品尝着每一口，仿佛能从中品出岁月的痕迹，感受到家乡的变化与不变。小姨和大姨也吃得津津有味，她们虽不像我有着如此深刻的情感寄托，但那份对家乡美食的喜爱，却是共通的。

我们一边吃一边与老板闲聊起来。他告诉我们，这家店已经开了几十年,见证了无数游子的来来往往。每年春节,总会有像我这样的游子,不远千里回到家乡,只为寻找那份熟悉的味道。老板的话语中,充满了对家乡的热爱、对未来的期许。

"大过年的,我们不说没有,就是要图个吉利,希望新的一年里,每个人都能心想事成,万事如意。"老板说道。

老板掀开锅盖时升腾的热气模糊了镜片,他擦着汗笑道:"大过年的,灶火不能冷。"这话让我想起童年在外婆家守岁时,她总说灶王爷要看着人间烟火才安心。案板上零星的菜叶被利落地切碎,铁锅与铲子碰撞出熟悉的韵律,这声音和二十年前父亲在自家厨房炒粉时的动静一模一样。

路灯在渐浓的暮色里亮起来,我们捧着粗瓷碗吃得额头冒汗。小姨突然指着墙上的老照片:"这不是以前粮站门口那棵老槐树吗？"原来那些斑驳的旧影里，藏着半座城的变迁。老板往我碗里多舀了勺辣酱，"记得你外公最爱这个辣度。"轻描淡写的话却让我喉头一紧。

回程时车窗半开，冷风裹着零星爆竹声钻进来。表弟在家族群里发来新拍的夜景，镜头里新城区霓虹璀璨，可我的舌尖还在回味那抹带着柴火气的焦香。忽然想起上周接诊的那个江西小患者，化疗后总说嘴里发苦，也许该把家里寄来的腌辣椒带些给她——有些味道比药片更能唤醒味蕾。

零点钟声响起时，我正把炒粉照片设为手机壁纸。母亲在厨房下饺子，蒸汽顺着门缝漫进客厅，电视里重播的春晚成了模糊的背景音。某个瞬间，铁锅爆炒的声响、消毒水的气味、鞭炮炸开的红光，都奇妙地交融在夜色里。新年的第一个愿望简单得不像愿望：希望明早拉开冰箱，还能找到半碗没吃完的炒粉。

在生命的最深处遇见光

合上这本书的最后一页,监护仪的嘀嗒声仿佛仍在耳畔回响。那些穿梭在生死边缘的故事,那些凝结着消毒水与泪水的瞬间,最终化作纸页间的温度,成为一束照亮生命褶皱的光。

写作本书的初衷,并非仅仅记录 ICU 的惊心动魄。在无数个守候生命的深夜,我逐渐明白:重症医学的终极意义,不在于与死神争夺分秒,而在于让每个生命在至暗时刻依然保有尊严。正如我们推行的社区科普项目,用漫画描绘气管插管的原理,用动画演示 ECMO 的运作——医学的神秘面纱被轻轻揭开时,恐惧往往转化为理解,绝望也能萌发出希望。

书中"病房里的小提琴音""心跳的重量"等篇章，正是多学科交叉理念的具象呈现。当医学遇见音乐，当科技拥抱人文，生硬的医学术语便拥有了心跳。这与我们编撰《结直肠癌术后居家健康手册》时的思考不谋而合：在新疆阿克苏的科技科普讲座中，我曾目睹维吾尔族医生捧着科普手册时眼里的光亮——希望能编译成维吾尔族语，应当如胡杨木般扎根于生活的土壤，让艰深的医学知识化作守护生命的绿洲。

医学与文学，恰似听诊器与心跳的共鸣。在"鼻饲的温度"中，青瓷杯的裂纹成为生命复苏的隐喻；在"齿轮慢转时"，输液器的节奏被赋予破船补丁的诗意。我常想，医学是拆解生命的精密科学，而文学是缝合创伤的柔软丝线。当患者说"监护仪在帮心脏唱歌"，当家属用录音笔录下"回家的约定"，那些冰冷的器械便成了故事的载体。正如威廉·卡洛斯·威廉姆斯所言:"医学与诗歌同样需要精准的观察。"每一次病历书写,都是对生命叙事的小心翼翼的誊抄。

在十多年的临床工作中,我始终坚信中西医结合不是简单的"1+1"。就像"肺腑之间"故事中老中医的艾灸与呼吸机的协奏,这种融合早已超越技术层面,成为对生命整体性的敬畏。如我们在《为你解答:居家生活健康手册》中尝试的:当西医的精准遇见中医的圆融,医学便不再是冰冷的器械,而是带着烟火气的守护。

在监护室外徘徊的身影、紧攥的旧照片、偷偷塞给护士的暖水袋,让我深刻理解了"医路归途"的真谛——医学的进步固然令人振奋,但永远不能替代掌心相握时的温度。这些鲜活的细节,后来都成为我们设计科普漫画时的灵感源泉：在江西省新余市的社区，有位老人指着《走进重症监护室》的插图说："原来那些滴滴叫的机器，是在帮心脏唱歌。"

本书付梓之际，我总会想起初入行时老师傅的教诲："好医生要懂得把听诊器焐热了再贴上去。"从纸页到云端，从病房到社区，变的只是载体，不变的始终是对生命的虔敬。那些监护仪上的波形、家属眼里的血丝、老听诊器上的铜锈，终将在记忆里熔铸成医者永恒的星空。

或许，医学与文学本就是同一枚硬币的两面。前者在显微镜下剖析细胞的呐喊，后者在文字间倾听灵魂的震颤。当我们在ECMO管道的反光中看见京胡琴弦的震颤，在谵妄患者的幻觉里捕捉战地电台的电波，医学便不再是冰冷的方程式，而成为承载人类悲欢的容器。正如特鲁多医生的墓志铭所写："有时去治愈，常常去帮助，总是去安慰。"而文学，正是这"安慰"最悠长的回响。

谨以此书，献给所有在迷雾中寻找微光的人。

郭涛

乙巳年春于上海

图书在版编目（ＣＩＰ）数据

ICU医生的私人笔记 / 邹海著. -- 上海 : 上海文艺出版社, 2025.6. -- ISBN 978-7-5321-9290-8

Ⅰ. I267

中国国家版本馆CIP数据核字第2025F2A273号

责任编辑：毛静彦
装帧设计：王　伟

书　　名：ICU医生的私人笔记
作　　者：邹　海
出　　版：上海世纪出版集团　上海文艺出版社
地　　址：上海市闵行区号景路159弄A座2楼 201101
发　　行：上海文艺出版社发行中心
　　　　　上海市闵行区号景路159弄A座2楼206室 201101 www.ewen.co
印　　刷：上海丽佳制版印刷有限公司
开　　本：787×1092　1/32
印　　张：5.625
插　　页：2
字　　数：62,000
印　　次：2025年6月第1版 2025年6月第1次印刷
Ｉ Ｓ Ｂ Ｎ：978-7-5321-9290-8/I.7286
定　　价：49.00元
告 读 者：如发现本书有质量问题请与印刷厂质量科联系　T: 021-59404766